Jack Vance

LES ÎLES DE LA MORT

Traduit de l'anglais (États-Unis)
par Patrick Dusoulier

Les Mystères inédits de Jack Vance

Déjà parus :

L'homme en cage (2016)

Les Îles de la mort (2016)

À paraître prochainement :

Sombre Océan

Drôles de gens

Jack Vance

Les Îles de la mort

et ouvrage a été publié aux États-Unis par Bobbs-Merrill, Indianapolis, 1969,
sous le titre :
THE DEADLY ISLES
© Jack Vance, 1967, 2005

© Spatterlight, 2016 pour la traduction française
Traduit par Patrick Dusoulier
Couverture réalisée par Howard Kistler
ISBN 978-1-61947-156-6

Amstelveen
Pays-Bas
www.jackvance.com

Avant-propos

Jack Vance a écrit onze romans policiers, qu'il appelait ses « mystères ». Cinq ont été publiés en français, mais six sont restés inédits à ce jour. J'ai décidé de remédier à cette regrettable situation, du moins en partie pour l'instant, en en traduisant les quatre publiés sous son nom (les deux autres sont parus sous des pseudonymes, Peter Held et Alan Wade). J'ai évidemment confié la diffusion de ces traductions à Spatterlight qui, sous la houlette éclairée de John Vance Jr. et de Koen Vyverman, a déjà publié l'œuvre intégrale de Vance en anglais, telle que restaurée par le Projet VIE en 2005.

J'espère que les lecteurs français les découvriront avec plaisir. Plus encore que l'intrigue policière, ces romans privilégient le cadre et l'atmosphère et présentent de merveilleuses galeries de personnages hauts en couleur... Au détour d'une phrase, d'un dialogue ou d'un type de personnage, les amateurs pourront reconnaître la patte du Grand Maître.

Patrick Dusoulier
La Bresse, 2016

CHAPITRE I

Extrait de la chronique mondaine du *San Francisco Chronicle* daté du 20 novembre 1967 :

LIA WINTERSA FAIT PART DE SES FIANÇAILLES AVEC LE YACHTMAN BRADY ROYCE

Au cours d'un déjeuner au St. Francis Hotel, Lia Wintersea a annoncé à six de ses meilleures amies ses prochaines fiançailles avec Brady Royce, personnalité mondaine et yachtman bien connu. Lia est la fille du talentueux hautboïste Paul Wintersea, qui joue dans l'Orchestre symphonique de San Francisco, et de Maude Ridlow Wintersea, elle-même une pianiste accomplie. La sœur de Lia, Jane, est une flûtiste de niveau professionnel qui a préféré à une carrière musicale le domaine de la psychologie en milieu industriel.

Le mariage sera célébré à la fin du printemps à Golconda, la fabuleuse résidence des Royce, et sera suivi d'une croisière à bord du *Dorado IV*, la goélette de Brady, dans les lointaines et romantiques îles de la Polynésie.

Assistaient au déjeuner Jane, la sœur de Lia, ainsi que Kelsey McLure, Mme Christian deBrouf (Peggy Saterlee)…

Extrait du *San Francisco Examiner* daté du 26 janvier 1968 :

UNE DANSEUSE RETROUVÉE TORTURÉE ET ÉTRANGLÉE DANS SON APPARTEMENT DÉVALISÉ

Inez Gallegos, 23 ans, danseuse exotique employée au Martinique, 619 Ellis Street, a été retrouvée ce matin dans son appartement au 1526 Powell Street. Elle avait été étranglée avec un bas de soie. Son visage, son cou, ses jambes et son torse portaient de nombreuses marques de brûlures, infligées à l'aide d'un cigare d'après l'inspecteur William Reinhold.

Le corps a été découvert à 11 h 10 par Richard B. Cody, 34 ans, barman au Polka Dot Bar, 320 O'Farrell Street, qui venait chercher Miss Gallegos pour aller prendre le petit déjeuner.

L'appartement avait été mis sens dessus dessous. Le sac à main et les affaires de Miss Gallegos avaient été fouillés, mais elle ne semble pas avoir subi d'agression sexuelle.

Cody affirme qu'un coffret métallique contenant le certificat de naissance de Miss Gallegos ainsi que le titre de propriété de sa voiture et d'autres documents a disparu.

Chapitre II

À 48 ans, Brady Royce était un homme aux épaules massives, un peu gauche, avec des traits trop larges, la mâchoire lourde et les lèvres épaisses, des cheveux noirs et drus qui commençaient à se dégarnir sur le sommet du crâne. Il n'était pas bel homme, et n'avait même pas l'air distingué, mais comme le disait son amie Dorothy McLure, quand on est aussi riche que Brady, quel besoin a-t-on d'être beau ? Brady pratiquait un humour assez primaire, parfois même désagréable, mais en général il aboyait plus fort qu'il ne mordait, et ses amis l'appréciaient malgré ses défauts. Ses ennemis le trouvaient buté, dominateur, hargneux, borné et insensible.

Les fiançailles de Brady avec Lia Wintersea suscitèrent quelques commentaires dédaigneux. « Ce cher Brady... Qui aurait cru qu'il deviendrait un jour sénile, à batifoler avec des jeunesses et tout ? » Quand de telles remarques lui étaient rapportées, il se contentait de sourire avec une certaine satisfaction. Lia était d'une beauté aussi extravagante que la richesse de Brady, et si le mariage était fondé sur des considérations autres qu'une passion réciproque, chacune des parties concernées semblait satisfaite du contrat.

Alors qu'elle faisait un an ou deux de moins que son âge, vingt-deux ans, Lia était une jeune femme posée, pleine de charme et de dignité. Elle avait des formes délicieuses, une silhouette svelte et souple, avec une grâce de mouvements qui semblait presque musicale. D'une grand-mère espagnole, elle tenait une épaisse chevelure noire, un teint castillan et un air de passion hispanique rentrée. Un grand-père gallois lui avait donné ses yeux d'un gris magique. Lia était simple et discrète. Elle ne se pomponnait pas et ne s'exhibait pas dans des tenues extravagantes, et réussissait à être naturellement élégante. Les amis de Brady l'observaient à la loupe. Certains louaient son manque de coquetterie, d'autres soupçonnaient au contraire une forme d'arrogance à rebours. Lia ne se serait reconnue dans aucun de ces points de vue. Elle était elle-même, comme elle l'avait toujours été, avec ses problèmes particuliers et uniques. Elle ne se faisait pas d'illusions sur ce mariage, même si elle aimait bien Brady qu'elle trouvait viril et plein d'assurance. Elle aurait pu l'aimer même s'il n'avait pas été riche.

* * *

À l'échelle chronologique de San Francisco, les Royce étaient une vieille famille puisqu'ils étaient arrivés peu de temps après la grande ruée vers l'or.

En 1859, à Bodie, dans le Nevada, un ouvrier itinérant du nom de Ham Royce avait réussi à compléter une quinte et gagné les titres de propriété sur trois emplacements miniers manifestement sans valeur situés près de Virginia City (même si un certain Comstock pensait avoir repéré de l'argent aux alentours). Des deux cent vingt millions de dollars générés par le Gisement de Comstock, trente millions étaient allés à Ham Royce.

Argent vite gagné, argent vite dépensé, dit-on, mais pas pour Ham Royce, qui l'investit dans des fermes, des troupeaux, des actions des chemins de fer, des terrains à bâtir. L'argent vint si facilement que, vers 1880, cela ne l'amusa plus. Ham Royce, le vagabond d'autrefois, entreprit un voyage en Europe. À Fiesole, il admira la Villa Portinari. Apprenant qu'elle n'était pas à vendre, Ham Royce tapota son crayon contre ses vieilles dents jaunies, dessina une série de croquis dans son carnet, et fit rassembler une cargaison de marbre de Carrare, de tapis, de candélabres, de tapisseries, d'amphores grecques, d'armures espagnoles, de peintures italiennes, d'antiques poutres en chêne et de lambris en noyer. Le tout fut expédié à San Francisco, et sur les hauteurs de Pacific Heights, d'où la vue s'étend du Golden Gate Bridge jusqu'à Yerba Buena Island, il fit construire Golconda.

En 1890, il acheta le premier *Dorado*, une chaloupe à voiles avec laquelle il navigua jusqu'aux îles Aléoutiennes avec l'intention d'y chasser l'ours kodiak.

Ham avait un fils unique, William. À l'âge de vingt ans, William but trop de champagne et épousa une danseuse de music-hall. L'expérience lui plut. Une semaine plus tard, il but encore plus de champagne et en épousa une autre. Ham Royce fit annuler les deux mariages et expédia William au Japon à bord du *Dorado*.

Il se mit alors à réfléchir sérieusement à l'avenir. L'épisode lui avait coûté relativement peu : cent mille dollars à chacune des filles, plus une trentaine de mille en frais annexes – mais William n'était pas un fils satisfaisant. Il n'avait jamais travaillé un seul jour de sa vie. Il se montrait condescendant à l'égard de son père. Il ne tenait pas l'alcool.

Mélancolique, Ham se promena dans Golconda en se demandant ce qu'il adviendrait de son merveilleux palais italien quand William pourrait boire tout le champagne qu'il voudrait. Il transféra la totalité de sa fortune dans un fonds consacré exclusivement à l'entretien de Golconda et de ses différentes dépendances telles que le *Dorado*. L'administrateur en serait le membre de la famille Royce de naissance légitime, légalement certifié sain d'esprit, et en position de succession selon les lois anglaises de primogéniture. Un conjoint pourrait tenir ce rôle d'« administrateur résident » seulement si la consanguinité au troisième degré venait à être épuisée.

Pour ses dépenses personnelles, l'administrateur résident puisait dans les revenus du fonds, mais il était soumis à un ensemble de règles telles que sa rémunération devait rester strictement égale à ses dépenses. D'un point de vue légal, l'administrateur était pauvre. En pratique, il était millionnaire. William pourrait boire du champagne et épouser toutes les danseuses qu'il voudrait, à leurs risques et périls. Quand on en arriverait au procès, il pourrait arguer qu'il ne disposait d'aucun fonds prévu pour ce genre de circonstances. De cette façon, Ham espérait protéger son fils de lui-même, et préserver Golconda de la saisie et de la folie.

William avait deux fils, Philip et Lemuel. Philip, en devenant administrateur, pressa Lemuel de continuer de résider à Golconda. Celui-ci refusa et intenta une action en justice afin de recevoir une part de la propriété, en affirmant que le Fonds Golconda était un montage illégal. Les tribunaux en décidèrent autrement. Lemuel partit à La Jolla, au sud, et ne revint jamais à San Francisco. Son fils Luke était souvent venu à

Golconda pendant ses années d'études à l'université de Californie, et avait fait partie de l'équipage sur le *Dorado III* et le *Dorado IV*.

Le fils unique de Philip, Brady, commença sa carrière comme un Royce typique. Il épousa Hortense Lejeune, une actrice de cinéma française, dont il eut un fils, Carson. Après un procès à scandale, il en divorça pour cause d'adultère flagrant. Hortense, levant le nez d'un air dédaigneux, rentra en France, laissant Carson, le futur administrateur, sous la garde de Brady.

Pendant une dizaine d'années, Brady fut à San Francisco le célibataire le plus convoité. Et un jour, chez son ami Malcolm McLure, Kelsey McLure lui présenta Lia Wintersea.

* * *

Le mariage de Brady Royce avec Lia Wintersea, qui eut lieu le 10 mai 1968, fut l'événement le plus magnifique de la saison. La liste des invités était le critère de qualité de la haute société de San Francisco, et ceux qui sentaient qu'ils auraient dû être invités, mais ne l'avaient pas été, se trouvèrent des raisons impérieuses de ne pas être disponibles : une excursion en Europe, une conférence à Washington, et dans un cas, une descente en canoë le long de la rivière Athabasca jusqu'au grand lac des Esclaves.

La cérémonie se déroula dans la salle de bal de Golconda. La réception fut somptueuse au-delà de tout ce qu'avaient connu les invités présents. Comme son arrière-grand-père Ham, quand Brady faisait quelque chose, il le faisait à fond, et bien. Le voyage de noces était prévu à la même échelle : une semaine dans le chalet de Brady dans les Sawtooth Mountains, puis une longue croisière à bord du *Dorado IV* avec escale à Honolulu, les îles Marquises, Tahiti, et partout où les vents les pousseraient. Rarotonga ? Samoa ? Bali ? Les Philippines ? Pourquoi pas ? avait déclaré Brady. Chacune avait sa chance.

Il y aurait un certain nombre d'invités à bord du *Dorado IV* : Carson, qui avait maintenant dix-neuf ans, Malcolm et Dorothy McLure ainsi que leur fille Kelsey, qui avait présenté Lia à Brady, et Don Peppergold, un jeune avocat dont Brady s'était entiché. À Honolulu, Jim et Nancy Crothers quitteraient le groupe tandis que Jane, la sœur de Lia, embarquerait, comme le ferait à Tahiti le cousin de Brady, Luke.

* * *

Le mariage se déroula avec tout le faste et la pompe d'une cérémonie de couronnement. De l'avis de tous, la mariée était la plus belle femme à devenir une Royce. Malcolm McLure était le témoin de Brady. La seule demoiselle d'honneur était Jane Wintersea, qui semblait fade et terne à côté de sa sœur vêtue de blanc avec son teint rose et ses cheveux noir de jais.

Le mariage fut suivi d'une réception. Lia découpa un énorme gâteau, puis sa sœur et elle s'éclipsèrent pour aller se changer.

Lia semblait apathique – même abattue. Jane, qui avait deux ans de plus qu'elle et qui connaissait bien son tempérament, était perplexe.

Quand les femmes de chambre eurent emporté la robe de mariée, Lia se laissa tomber sur un canapé et contempla le paysage par la fenêtre. Jane l'observa un instant, puis elle s'assit à côté d'elle.

— Mais qu'est-ce qui se passe ? demanda-t-elle. On dirait que tu es en route pour un camp de concentration !

Lia fit une petite grimace en agitant nerveusement les mains.

— Ne sois pas bête.

— Tu as intérêt à manifester un peu plus d'enthousiasme quand tu es avec Brady, ou sinon, il va croire que tu ne l'aimes pas.

Lia inspira profondément.

— Je l'aime bien. Là n'est pas la question. En fait, il est très attentionné. (Elle se prit le menton dans les mains.) La vérité est choquante. Je suis enceinte de trois mois. Voilà, maintenant, tu sais.

— Mon Dieu… souffla Jane. De Brady, j'espère ?

Lia eut un petit rire amer.

— C'est là que ça devient tragique… C'est ce maudit tu-sais-qui.

Jane réfléchit un long moment en regardant sa sœur du coin de l'œil, et dit enfin :

— Je croyais que c'était fini depuis longtemps.

— Je le croyais aussi, dit Lia d'une voix morne. Ce n'est pas moi qui ai voulu.

— Mais *pourquoi* ? s'écria Jane. C'est incroyable ! C'est de la folie !

— Je n'ai rien pu faire, dit Lia avec encore un petit rire amer. Il m'a obligée. Je crois que je n'ai pas beaucoup de volonté.

— Je ne comprends toujours pas. Comment a-t-il pu t'y obliger ? Par la force ?

Lia réfléchit un instant.

— Non, pas exactement. Je ne veux pas en parler. Vraiment.

— Ma pauvre petite Lia…

En fronçant les sourcils, Jane observa sa sœur tandis que celle-ci regardait par la fenêtre en se mordillant la lèvre.

— Si Brady venait à le découvrir, dit enfin Lia, après six mois de fiançailles… il serait très contrarié. Plus que contrarié. Tu sais, ajouta-t-elle d'une voix étonnée, en réalité, il est très vieux jeu !

— Tu vas devoir t'en débarrasser, dit froidement sa sœur.

— Je sais, mais où ? À bord du *Dorado* ? Avec un cabillot d'amarrage, une gaffe, ou je ne sais quoi encore ?

— Pourquoi ne l'as-tu pas fait avant ?

— Ça ne fait que quinze jours que j'en suis sûre. J'ai manqué le deuxième mois, et après ça… eh bien, je n'ai pas eu le temps. Il y avait tellement de choses à faire.

— Ça ne se voit pas. Tu seras à Honolulu dans deux ou trois semaines. Fais-le là-bas.

— Oui, j'imagine que je vais être obligée… Tu pourrais me téléphoner, dire que Maman est malade, et je retournerais à San Francisco pour quelques jours.

— Il insisterait pour t'accompagner. Tu sais, le nouveau mari plein de prévenances et tout ça.

— Oui, sans doute… Ah, mon Dieu, comment se fait-il que je me fourre tout le temps dans des ennuis pareils ?

— Moi, je sais très bien comment, dit Jane avec un sourire résigné. Mais ça ne servirait à rien de te l'expliquer.

* * *

Le 30 mai, Jane reçut une lettre de Lia postée le 29 mai à Honolulu :

Eh bien voilà, nous sommes arrivés. Intacts. Le bateau est splendide, tout le monde est très gentil, mais un peu étonné. Je dis que c'est à cause du mal de mer. Carson est un gamin insup-portable et très cynique. Il n'arrête pas de coller à Kelsey, qui commence à en avoir assez. J'ai fait quelques recherches discrètes, mais je ne trouve rien si ce n'est des herboristes chinois. Si je n'ai toujours rien cet après-midi, il faudra peut-être que je retourne en avion à San Francisco. Brady passe quelques jours à Kona, pour visiter une plantation de café que quelqu'un veut lui vendre. Je lui ai dit que je voulais faire un peu de shopping et me remettre de mon mal de mer, et je serai donc au Royal Hawaiian.

Kelsey est allée voir des amis, et elle n'ira pas non plus à Kona. Je ne serais pas étonnée qu'elle soupçonne quelque chose. Elle me regarde avec un drôle de petit sourire. Si seulement je pouvais trouver un tu-sais-quoi ! À San Francisco, ça ne poserait aucun problème. Je me demande combien de temps il me faudrait pour me remettre ? Je pourrais peut-être faire l'aller-retour dans la journée. Bon, nous verrons bien. Je vais aller faire un tour à l'institut de beauté, ils savent toujours ce genre de choses. Attention, important ! Brady a fixé la date du départ au 6 juin. Il est très strict sur ces choses-là. Il se prend pour un commandant de navire ou je ne sais quoi. Bon, prévois d'être ici le 5, ou même un peu avant. Essaie d'abord le Royal Hawaiian, et ensuite le Kamehameha Yacht Club.

Je t'embrasse,
Lia

Chez Sard était situé au sud de Market, au 69 Homan Street, une ruelle louche à mi-chemin entre l'Embarcadero et le dépôt ferroviaire. Ce n'était pas un quartier chic, mais dans l'ensemble, la clientèle de Sard ne l'était pas vraiment non plus. La façade se voulait élégante avec ses lourdes plaques de tuile mexicaine marron assemblées par des joints noirs. Il y avait une porte en chêne bardée de fer, et CHEZ SARD écrit en petites lettres noires rétro-éclairées.

À l'intérieur, tout était différent – ou peut-être pareil ? Le bar, les tables, les chaises, les murs – tout était brut et primitif, comme si le propriétaire avait cherché à reconstituer un vieux saloon du Far-West. L'effet était accentué par un éclairage particulièrement calculé pour donner à la salle l'aspect d'une scène de théâtre plutôt que d'une taverne.

Les clients étaient presque exclusivement des hommes, assez jeunes, certains avec des rouflaquettes, d'autres avec des moustaches tombantes, d'autres encore avec le crâne rasé. On voyait beaucoup de pantalons excessivement moulants avec de grosses ceintures en cuir, et deux personnes portaient des bottes munies d'éperons. Presque tous buvaient du whisky sec au bar, les pouces passés dans la ceinture et les jambes écartées. Un mur était couvert d'affiches de corrida dans des couleurs criardes. Derrière le bar était posé un crâne coiffé d'un casque de la Reichswehr, une rose rouge entre les dents.

Le dimanche 2 juin, à neuf heures du soir, une femme à l'aspect étrange entra dans le bar de Sard. Son visage était anormalement blanc et ses cheveux étaient cachés sous un foulard noir. Elle portait un long manteau noir et de grandes lunettes de soleil. Un rouge à lèvres foncé traçait comme une balafre sur son visage. Elle se tint un instant sur le seuil et balaya la salle du regard. Ne voyant apparemment pas la personne qu'elle cherchait, elle alla s'asseoir à une table dans le fond. Il n'y avait que deux autres femmes, maigres et nerveuses avec une masse de cheveux blonds crêpés. Elles étaient attablées avec deux jeunes mâles en pull à col roulé noir, et les quatre se racontaient à tour de rôle des histoires salaces.

Les hommes accoudés au bar examinèrent un instant la femme au manteau noir, puis ils haussèrent les épaules sans plus lui prêter attention.

Elle resta là pendant une heure, sirotant un gin tonic. Des clients partirent, d'autres arrivèrent. Les voix devinrent plus fortes, les rires plus bruyants.

À onze heures moins vingt, la femme se pencha brusquement en avant. L'homme qui venait d'entrer était grand, avec de larges épaules et des hanches minces. Il portait un pantalon beige moulant, une casquette et des chaussures noires, une chemise de sport également noire au col déboutonné. C'était un très bel homme avec ses cheveux noirs, un menton et une mâchoire magnifiques, un nez droit. Ses pommettes étaient peut-être un peu trop plates. Ses yeux, qui étaient d'un noir remarquable, étaient peut-être trop brillants et trop rapprochés, mais ces défauts, si l'on pouvait les considérer comme tels, nuisaient très peu à l'effet d'ensemble. Il était aussi impressionnant que le décor. Il se comportait comme un personnage de film muet, une synthèse de Douglas Fairbanks, John Gilbert et Ramon Navarro.

La femme en noir lui fit signe. Il la regarda en hésitant un bref instant, puis il traversa la salle avec une expression incrédule.

— Bon sang, quel déguisement ! Je ne t'avais pas reconnue.

— Je ne tiens pas à l'être.

— Aucun risque ! Qu'est-ce que tu as en tête ?

— Deux ou trois petites choses. Où en sont tes finances ?

Les yeux noirs se plissèrent.

— Au plus bas, comme d'habitude. Pourquoi cette question ? Tu as un magot à distribuer ?

— Pas exactement. Mais assieds-toi.

— Attends que j'aie un verre. Qu'est-ce que tu bois ?

— Gin tonic.

L'homme revint avec les boissons, passa une jambe par-dessus le dossier de la chaise et s'installa confortablement.

— C'est plutôt une surprise de te voir. Je te croyais très loin d'ici.

La femme en noir but une gorgée de son gin tonic.

— Tu lis donc la chronique mondaine.

— Quand il se passe quelque chose d'intéressant, oui.

— Et la première page ?

— Je ne regarde que les gros titres.

— J'ai vu que la pauvre Inez Gallegos est morte.

L'homme haussa les sourcils d'un air perplexe – perplexité réelle ou feinte, la femme, qui regardait maintenant le plafond, ne chercha même pas à le déterminer. Elle enchaîna :

— Que dirais-tu de faire un beau voyage dans le Pacifique sud ?

— Ça me plairait bien. Avec qui faut-il que je couche ? Non, ne me dis pas. J'irai de toute façon.

— Sois un peu sérieux, dit la femme. La situation est sérieuse, elle… Très, très sérieuse.

CHAPITRE III

Luke Royce travaillait depuis une petite maison de style indigène, sur la rive ouest de Tahiti Iti, dans la partie la plus petite de l'espèce de sablier que forme l'île de Tahiti. C'était un endroit reculé, et l'environnement était extrêmement pittoresque. La terrasse de Luke s'avançait sur des pilotis au-dessus d'une plage de sable blanc, où sa pirogue à balancier était échouée au-dessus de la limite de marée haute. Dans son jardin situé à l'arrière poussaient des papayes, des bananes, des mangues et de petites baies amères connues localement sous le nom de « œils-de-dragon ». Des palmiers poussaient sous tous les angles autour d'une petite baie encadrée d'une pointe de terre d'un côté et d'une falaise de roche volcanique de l'autre.

Depuis quinze mois qu'il était ici, Luke avait pêché des milliers de poissons, à la ligne et à l'aide de filets ou de nasses. Sur les thons rouges, les thons blancs et les espadons, il fixait une petite languette métallique avant de les relâcher dans l'océan, au grand étonnement d'Armand Tefaatau, son assistant. Quelques-uns de ces poissons – très peu – portaient déjà une languette similaire fixée par une autre station, et quand Luke en trouvait une, il en informait aussitôt La Jolla.

Luke, âgé de 28 ans, avait peu de ressemblances avec son cousin Brady, à part, peut-être, le front carré des Royce et un peu de cette avancée de la mâchoire inférieure qui donnait à Brady l'air d'un homme de Cro-Magnon. Luke était de taille moyenne, bien bâti sans être exagérément athlétique. Il était d'un tempérament posé, et son comportement tendait vers la sobriété. Son expression était légèrement sardonique, comme s'il trouvait d'amusantes contradictions dans tout ce qu'il voyait. Rien chez lui n'attirait l'œil ni l'attention, si ce n'est sa barbe remarquable : une broussaille brune qui devait son existence non pas à l'idéologie, mais à la perte de son rasoir. Les jeunes Tahitiennes trouvaient cette barbe fascinante. Les fillettes aimaient y piquer des hibiscus et des fleurs de frangipanier – et parfois aussi les filles plus âgées.

L'après-midi du samedi 8 juin, Luke enfourcha sa Vespa et partit en cahotant sur la piste semée d'ornières pour rejoindre la grand-route, où il prit à gauche vers Papeete, située à une cinquantaine de kilomètres. C'était sa routine hebdomadaire. La route longeait la mer à travers un paysage enchanteur. Des forêts denses de *mape*, d'ostryers, d'arbres à pain, de pandanus et de cocotiers inclinés au-dessus des plages, des grottes sombres encadrées de fougères et de plantes aux larges feuilles, et toujours des fleurs : des parterres et des guirlandes de violet, orange, bleu indigo, mauve, bleu ciel. L'une après l'autre, Luke traversa les différentes communes qui portaient chacune le nom de la tribu qui l'avait dirigée autrefois : Papeari, Mataiea, Papara, Paea. La circulation devint plus dense à l'entrée de Puna'auia puis de Fa'a'ā, à côté du nouveau terminal aérien. Il pénétra enfin dans Papeete, où il tourna dans Broom Road pour rejoindre le quai de Bir-Hakeim, où il se gara devant le bureau de poste. C'était là le cœur de l'Océanie. À droite et à gauche, de nombreux bateaux étaient amarrés : ketchs, sloops, schooners, yoles et plusieurs trimarans. Ils venaient de San Francisco, Los Angeles, Auckland, Sydney, Acapulco, New York, Boston, Monaco, Londres, tous attirés par la longitude 149° 33' ouest, la latitude 17° 33' sud, et la magie du mot « Tahiti ». À moins d'une trentaine de mètres de l'endroit où Luke s'était garé, une grosse goélette assurant la liaison entre les îles était amarrée : le *Rahiria*. Dans un mois, Brady, le cousin de Luke, arriverait à Papeete à bord de sa propre goélette, un bateau à peu près de la même taille, mais infiniment plus confortable.

Luke traversa la rue pour rejoindre le nouveau bureau de poste, tout en verre et acier. Il entra dans l'annexe où se trouvait sa boîte postale, la n° 421.

Assis sur un banc près de la baie vitrée, un homme aux cheveux noirs et en short blanc lisait un journal. Luke n'y aurait sans doute pas prêté attention s'il n'y avait eu une Française vêtue d'un paréo bariolé et accompagnée de son petit garçon et de son caniche. En s'écartant pour contourner le groupe, Luke crut percevoir le regard pénétrant de deux yeux noirs et brillants. Mais quand il se retourna, l'homme était plongé dans son journal.

Luke ouvrit sa boîte, dont le côté vitré lui permit d'avoir un reflet un peu déformé de l'homme en short, qui le regardait de nouveau avec une attention particulière.

Quand Luke se retourna, Yeux-Noirs était absorbé par sa lecture. Bizarre, songea Luke. Il n'avait pas souvenir d'avoir jamais rencontré cet homme… Il sortit dans la rue et examina son courrier. Il y trouva deux lettres importantes. La première l'informait de la fin de l'étude sur les migrations de poissons, et lui demandait de boucler ses opérations. Il attendait cette nouvelle depuis trois mois, et elle ne pouvait pas mieux tomber.

L'autre lettre, de son cousin Brady, avait été postée à Honolulu le 5 juin :

> *Cher Luke*
>
> *Nous repartons demain. Si le temps accepte de coopérer, nous devrions être à Nuku Hiva, dans les Marquises, vers le 24 juin. Si tu arrives à t'arracher à ton boulot, pourquoi ne pas nous y retrouver ? Il y a largement la place – enfin, relativement, parce que tu devras partager une cabine avec Carson. Je ne crois pas que tu connaisses les autres, sauf le vieux Bill Sarvis, qui est toujours mon chef mécanicien. Mais je t'assure que c'est une joyeuse bande.*
>
> *J'ai l'intention d'explorer Nuku Hiva pendant une semaine, et d'aller ensuite à Hiva Oa, dont on me dit qu'elle est spectaculaire. Tout le monde est d'excellente humeur. Si jamais tu te maries, je te recommande ce genre de voyage de noces, il n'y a pas mieux, même si Lia n'a pas très bien supporté le voyage depuis San Francisco. Elle va beaucoup mieux maintenant, elle est nettement plus enthousiaste, et je suis certain qu'elle saura apprécier la vie nautique comme une vraie Royce. Sa sœur Jane est aussi avec nous, elle nous a rejoints hier. Bon, je vais conclure cette lettre pour m'occuper de quelques détails de dernière minute. Nous espérons te voir à Nuku Hiva ou à Hiva Oa. Notre première halte sera au port d'accueil, dans la baie*

de Taio Hae, vers le 24 juin, comme je te l'ai dit. Si tu n'y es pas pour nous attendre, je préciserai notre point d'ancrage aux autorités, et je leur laisserai aussi une lettre pour toi.

Avec mon amitié, et je te verrai de toute façon à Papeete.

Brady

Luke relut la lettre en tirant distraitement sur sa barbe broussailleuse... Il ne lui fallait que deux heures pour fermer boutique. Et il avait le *Rahiria* à portée de main, ce qui était bien commode. Il remonta la rue jusqu'au Vaima, un café avec terrasse très fréquenté. Sous des parasols multicolores, les tables étaient toutes occupées : des touristes débarqués d'un bateau de croisière suédois, d'autres séjournant dans des hôtels, des soldats de la Légion étrangère avec leurs képis blancs, des Français et des Tahitiens du coin. Les visiteurs regardaient les filles, les locaux regardaient les touristes, chacun s'amusant des autres. Luke trouva un fauteuil libre et commanda une bière. La serveuse finit par lui apporter une bouteille avec l'étiquette Hinano familière : une jeune fille caressant une fleur. Par réflexe, Luke fit tourner la bouteille pour regarder l'étiquette par transparence. Automatiquement, une scène salace aurait dû lui apparaître, ou du moins était-ce ce que ses amis tahitiens affirmaient. Luke n'avait jamais réussi à la voir. Son esprit innocent, sans doute. Ou peut-être sa stupidité...

Il se cala contre son dossier et étendit les jambes. C'était bien agréable d'être à une table du Vaima et de regarder la vie de Papeete défiler sous ses yeux. Il n'était pas le premier à éprouver ce sentiment. C'était particulièrement agréable de regarder les filles, dont certaines étaient très attirantes.

Le moment était venu de quitter Tahiti. Luke ressentait un mélange d'excitation et de tristesse. À Teahupoo, le monde était très loin. On en était isolé par quelque chose de bien plus fondamental que de simples kilomètres. Plus jamais il ne vivrait aussi près de l'eau, de l'air et du soleil. Ses amis – les Tefaatau, les Vaita'ahua, les Himea, leurs cousins et cousines, oncles et tantes – l'oublieraient progressivement. Et progressivement, il oublierait leurs chansons et les quelques mots de tahitien qu'il avait appris. À Teahupoo, les journées s'écoulaient lentement – mais les mois défilaient à une vitesse déconcertante. On avait tendance à perdre contact avec le monde. Le monde réel ? Peut-être, peut-être pas. Luke n'en était pas sûr. Et pourtant, de plus en plus ces derniers temps, il avait éprouvé de petits accès de culpabilité. Il reviendrait peut-être un jour, mais c'était peu probable. Le risque d'être déçu était trop grand… Luke se rendit soudain compte que, sans y avoir réfléchi consciemment, il avait décidé de rejoindre le *Dorado* dans les îles Marquises. Armand pourrait garder ses affaires jusqu'à son retour à Papeete.

Il se redressa dans son fauteuil et consulta sa montre. Il jeta un coup d'œil vers la façade bleue des Établissements Donald, les agents pour le *Rahiria*. Ils étaient maintenant fermés, et Luke allait devoir attendre lundi pour acheter un billet. Avec un peu de chance, il pourrait encore trouver une couchette. Sinon, il voyagerait sur le pont, comme les Polynésiens.

Il but une deuxième bouteille de bière et relut son courrier, puis il se demanda comment il allait passer le reste de sa journée. Il avait eu l'intention de dîner chez Chapiteau, ou peut-être au Bougainville, qui était plus calme et moins cher, et situé dans un endroit plus agréable, au milieu des arbres à l'orée de la ville… D'un autre côté, cela l'obligerait à rentrer chez lui en Vespa après la tombée de la nuit, ce qui pouvait être éprouvant pour les nerfs avec cette circulation imprévisible. Et puis il y avait Armand, qu'il aurait peut-être du mal à trouver un samedi soir… Soudain pressé de partir, Luke se leva et retourna vers son scooter en longeant le quai de Bir-Hakeim.

De l'autre côté de la rue, marchant d'un pas tranquille dans la même direction que lui, il aperçut l'homme aux yeux noirs. Le bureau de poste était un endroit bizarre pour lire le journal, songea Luke. Ce type y avait peut-être attendu quelqu'un. En lui tournant le dos, l'homme s'intéressa à un bateau très ordinaire amarré au ponton. Luke traversa et s'approcha du *Rahiria*. Dans un français exécrable, il lança à un matelot tahitien :

— *Quand partir le bateau ?*

— *Mardi, m'sieu.*

— *Peut-être je vais aussi.*

— *Bien. C'est un voyage agréable.*

— *Vous allez aux îles Marquises, n'est-ce pas ?*

— *Oui, m'sieu. D'abord les Tuamotu, puis les Marquises. Très belles, m'sieu !*

— *Bien. Merci beaucoup.*

Luke fit demi-tour et jeta un coup d'œil le long du front de mer. Yeux-Noirs avait disparu. Bizarre. Luke perçut un éclair blanc. L'homme se tenait derrière un énorme flamboyant. Mais il était simplement en train de monter dans sa voiture, une vieille Citroën 2 CV. Un véhicule de location, songea Luke. Il n'y avait qu'un Français pour posséder ce genre de voiture, et l'homme n'avait pas l'air d'être français.

Luke enfourcha sa Vespa et démarra. Il passa devant le célèbre Grand Hôtel, à présent occupé par l'armée, puis il s'engagea sur la route et quitta la ville.

Une fois franchie la colline entre Papeete et Fa'a'ā, la circulation devint moins dense et Luke put rouler à bonne allure. Le soleil commençait à descendre sur l'étrange silhouette de Mo'orea. Les bornes kilométriques défilaient. Sur la droite, derrière une rangée de cocotiers, on apercevait le lagon avec les vagues qui s'écrasaient sans un bruit sur le récif à cinq cents mètres au large. Le lagon, le récif, les coraux... Luke les connaissait bien, ainsi que tous leurs habitants : oursins, cauris, bêches de mer, les petits poissons brillants et ceux qui se cachaient sous le corail, les drôles de petits hippocampes allongés. D'autres créatures étaient beaucoup moins agréables : le poisson-pierre, la murène, le *hue-hue* ou poisson-ballon – comestible, mais mortel s'il n'était pas convenablement vidé –, et parfois un requin. Les Tahitiens affirmaient que les requins du lagon étaient parfaitement inoffensifs. Une simple tape à la surface de l'eau suffisait à les chasser. « *Voilà !* (Une petite tape sur l'eau.) *Ils s'en vont !* » Pour sa part, Luke s'en tenait prudemment à distance, et il avait remarqué que les Tahitiens avaient une crainte respectueuse des requins rencontrés au large. Luke en avait vu beaucoup et de toutes sortes : requin blanc, requin mako, requin-marteau, requin-taureau. Il les considérait comme les créatures les plus effrayantes qu'il ait jamais connues.

Il traversa Paea avec sa jolie église blanche et sa belle école toute neuve, l'épicerie chinoise, les maisons accueillantes de ses amis M. Omer Tefaatau et M. Philibert Tefau, sous-chef de la commune et beau-frère de M. Omer... Parmi les meilleurs souvenirs de Luke, il y avait ceux des fêtes tahitiennes, des nuits passées à chanter et à boire de l'Hinano. Et le *tamure*… Ah ! le *tamure* ! Qui était à la *hula* ce que le whisky est au lait…

Après Paea, Papara et la traversée des bosquets de cocotiers, le long des huttes de paille entourées de papayers et de bananiers, d'hibiscus, de tiarés, de gingembres et de frangipaniers. Après Papara, les habitations étaient moins fréquentes et la circulation se réduisit à rien. Une vieille Citroën cahotait trois cents mètres derrière Luke, mais sans faire aucun effort pour le doubler… Mataiea et Papeari, où Gauguin avait vécu. Arrivé à la péninsule de Taravao, Luke quitta la route principale pour se diriger vers Teahupoo, qui semblait être aussi la destination de la vieille Citroën. Des vieilles Citroën, il y en avait beaucoup sur l'île… Luke repensa à Brady et à son invitation. Il connaissait bien le *Dorado*. Cinq ans plus tôt, il avait fait partie de l'équipage lors d'une croisière le long de la côte du Mexique. Luke n'avait pas une affection particulière pour Brady. Leurs relations étaient cordiales sans être intimes. Peut-être un soupçon d'envie, Luke le reconnaissait bien volontiers. De plus, Brady affichait sa fortune sans aucune humilité, comme si c'était la simple conséquence naturelle d'une loi cosmique… Et puis il y avait sa nouvelle épouse. Un ami de San Francisco avait écrit à Luke, de façon peut-être un peu excessive : « Lia, la plus délectable peluche de féminité depuis Deirdre. Les hommes roulent des yeux, les femmes sanglotent. Les petits garçons pointent du doigt et disent : 'Papa, achète-m'en une' et Papa marmonne : 'Si j'avais les moyens, j'en achèterais une pour moi.' Un mariage d'amour ? Peut-être du côté de Brady. Lia, étant composée de crème chantilly et de bois de santal, n'a pas d'âme. » Luke se demandait comment était la sœur de Lia. Il était rare que les jolies filles aillent par deux dans une famille. Bon, songea-t-il, on verra bien.

Armand habitait à la limite de la commune de Vairao, dans une étrange maison en bois d'un étage construite il y avait bien longtemps par un Français excentrique dont le fantôme hantait encore les lieux. Comme le racontait Armand, le Français s'était pris de querelle avec le *tahua* Airo-Tane, le sorcier le plus respecté de la commune. Le *marae* des ancêtres d'Airo-Tane était situé sur la propriété du Français. Airo-Tane considérait qu'il avait un droit de passage. Un jour, dans un furieux effort pour mettre fin à ses incursions, le Français avait renversé les nécrolithes de basalte. Lors de sa visite suivante, Airo-Tane avait simplement regardé et était reparti discrètement pour se retirer dans un bosquet secret en haut de la vallée de Teahupoo. Le lendemain, le Français tomba gravement malade. L'écume aux lèvres, il se mit à s'agiter violemment en hurlant que des démons lui rongeaient la colonne vertébrale. Il finit par mourir. Quelques jours plus tard, le vieux Airo-Tane, toujours aussi calme et affable, rentra chez lui.

— Et le fantôme du Français ? demanda Luke en ne plaisantant qu'à moitié. Il pose des problèmes ?

Armand fit un geste désinvolte.

— Seulement les nuits de pleine lune. Et encore, pas toujours.

En parlant avec la plus âgée de ses sœurs, Luke apprit qu'Armand était parti pêcher. Il décida de ne pas l'attendre et reprit la route. Une vieille Citroën apparut derrière lui. La même, ou une autre semblable. La route était maintenant parsemée de nids-de-poule et d'ornières, et longeait de très près le bord de la falaise. Le soleil était bas à l'horizon et Luke conduisait prudemment.

Là, en contrebas, sa crique personnelle, sa maison, son ponton et son bateau. Il allait quitter tout ça, pour ne plus jamais revenir ! C'était une pensée troublante, et il la chassa de son esprit.

Il s'engagea dans l'allée et descendit en traversant un bosquet de *mape*, les châtaigniers tahitiens, puis de bananiers plus sombres. Il s'arrêta et coupa le moteur. Il était chez lui – du moins pour encore un jour ou deux. Il grimpa les marches de la véranda, où il resta un moment à ruminer des pensées en se frottant la barbe. Une barbe dont il était bien décidé à se débarrasser demain, si seulement il retrouvait son rasoir. Pour l'instant, après s'être organisé avec Armand, il ferait aussi bien de retourner à l'isthme de Taravao pour dîner à l'hôtel, ou peut-être au restaurant Atchoun… Une vieille Citroën passa au bord de la falaise, roulant vers l'est, en direction de Papeete. Luke la remarqua à peine. Il prit une douche, se changea, et repartit sur sa Vespa. Le soleil effleurait juste la surface de l'océan, projetant son reflet éblouissant jusqu'au pied de la falaise. Un spectacle magnifique, mais aveuglant. Luke avait besoin d'y voir clair. Une voiture apparut – une Citroën, en contre-jour sur le ciel de l'ouest. La même Citroën ? Le conducteur roulait à une vitesse excessive et du mauvais côté de la chaussée. Ivre, peut-être ? Luke braqua brusquement sur sa gauche. La Citroën fit de même et percuta la Vespa juste sous le siège. Pendant un quart de seconde, Luke vit le visage de l'homme au volant : un visage calme et intense, comme du bronze dans la lumière du soleil mourant.

Avant qu'il n'ait pu se poser de questions, Luke s'envola majestueusement par-dessus le bord de la falaise, chevauchant sa Vespa au-dessus des rochers acérés.

CHAPITRE IV

Au milieu des airs, Luke vit tout à la fois : le ciel du soleil couchant, les cocotiers, les vagues écumantes et les rochers tranchants au-dessous.

Son scooter et lui commencèrent à s'incliner vers l'avant, comme s'ils suivaient précisément la trajectoire. D'un violent coup de pied, Luke repoussa la Vespa vers la falaise. L'impact précipita l'engin vers les rochers tandis que Luke était propulsé vers la mer. Il plongea dans la partie peu profonde, heureusement au moment où une grosse vague arrivait. Il heurta le fond avec suffisamment de force pour être étourdi un instant, et il sentit à peine qu'il était balayé vers le pied de la falaise. Mais il réussit à s'agripper, et quand la vague se retira, il resta en place.

Il essaya de recouvrer ses esprits… Il y eut un mouvement furtif dans les rochers au-dessus de lui. Luke resta étendu, immobile, observant à travers ses paupières à moitié fermées. Une silhouette apparut, se découpant sur le ciel de bronze gris en une pose théâtrale : jambes écartées, épaules en arrière, la tête penchée d'un air méditatif, les yeux fixés sur Luke. Une autre vague arriva et le souleva, le déplaçant d'une cinquantaine de centimètres, puis le ramenant en place. Luke se laissa mollement faire, les muscles complètement relâchés.

La forme sombre l'observa encore une minute avant de s'éloigner. Luke attendit. Par-dessus le bruit des vagues, il entendit une vibration de moteur, un bruit de transmission.

La Citroën était partie.

Luke attendit cinq minutes, puis il remonta la plage en rampant jusqu'à une souche de cocotier, où il s'assit. Il tremblait de tous ses membres. Il procéda à un examen rapide. Apparemment rien de cassé, ni de foulures. L'impact avec l'eau et le fond lui avait infligé un très gros choc, suffisant pour l'étourdir, et il entendait encore un bourdonnement dans ses oreilles. Il avait la nausée, une envie de vomir... Luke respira profondément. Ça ne servait à rien de s'apitoyer sur lui-même. Il se leva et, en chancelant, il longea le pied de la falaise pour retourner chez lui. Là, il se débarrassa de ses vêtements trempés et réfléchit au fait ahurissant que quelqu'un avait tenté de le tuer.

Pourquoi ? Une question absolument fascinante. Au moins, il savait *qui* – ou plutôt, il le savait à moitié.

Luke passa en revue toutes les circonstances. Yeux-Noirs avait attendu au bureau de poste. Cela signifiait qu'il ne connaissait sans doute que cette adresse, le numéro de sa boîte postale. L'homme était donc resté assis à lire son journal jusqu'à ce que Luke vienne chercher son courrier. Il l'avait ensuite suivi jusque chez lui, avait essayé de le tuer, et croyait certainement avoir réussi.

En imaginant l'aspect de son propre cadavre, Luke frissonna. La situation était franchement bizarre. Quel pouvait être le mobile d'un tel acte ? Deux autres événements avaient coïncidé : l'arrêt du projet de Teahupoo et l'invitation à rejoindre le *Dorado* à Nuku Hiva. Étaient-ils liés au troisième ? C'était absurde.

Cette tentative de meurtre n'était peut-être qu'un accident ridicule, un Anglais roulant du mauvais côté de la route. Luke rejeta l'idée. Il était plus probable qu'il s'agissait d'une confusion d'identité, le détenteur de la boîte n° 420 ou 422 étant la victime désignée. Encore une fois, Luke secoua la tête. Yeux-Noirs devait s'être bien gardé de commettre une erreur aussi élémentaire.

Luke alla dans sa cuisine, où il se versa un verre de rhum avec du jus de goyave, et regarda le crépuscule descendre sur l'océan. Il sentit la colère monter en lui, une rage comme il n'en avait jamais encore ressenti. Il reprit du rhum, et conclut que la source de cette affaire ne pouvait être que l'argent. L'argent des Royce. Mais pourquoi l'attaquer, lui dont le lien avec cette fortune était très lointain ? Ce serait intéressant d'en discuter avec Brady et d'avoir son avis. Plus que jamais, Luke était résolu à embarquer sur le *Rahiria* mardi.

En attendant, il aurait une petite explication avec Yeux-Noirs. S'il arrivait à le retrouver...

CHAPITRE V

Le cap du *Dorado* était fixé à 136° sud-est au gyrocompas, avec les derniers alizés du nord-est sur son bâbord. Un cap qui, prolongé, touchait la côte de l'Amérique du Sud quelque part du côté de Valparaiso. Lia demanda innocemment pourquoi ils ne naviguaient pas tout droit vers leur destination, au lieu de faire des zigzags ici et là au milieu de l'océan. Avant qu'elle n'ait pu se raviser, Brady apporta le manuel des *Ocean Passages* et entreprit de lui expliquer les différents systèmes de vents à travers le monde.

— En ce moment, conclut Brady, nous faisons route vers l'est pour que, lorsque nous trouverons les alizés du sud-est, nous puissions atteindre Nuku Huva sans avoir à affronter des vents contraires.

Lia hocha la tête.

— C'est intéressant.

— Oui, dit Brady, tout à fait. Je crois qu'on a un *Bowditch* à bord. Tu aimerais sans doute le feuilleter.

Lia jeta un coup d'œil à travers le pont, là où Kelsey et Jane se doraient au soleil dans des chaises longues.

— J'aimerais vraiment bien, Brady…

Un des matelots s'approcha, apparemment avec un problème.

— Excuse-moi deux secondes, dit Brady.

Lia se dépêcha d'aller rejoindre Jane et Kelsey.

Toutes voiles déployées, le *Dorado* creusait un sillon d'écume dans la mer. Des cumulus rêvassaient à l'horizon, mais ne s'approchaient jamais suffisamment près pour cacher le soleil. Que demander de plus à l'existence ? s'interrogea Brady. Il ne s'était jamais senti d'une telle vitalité ! La petite indisposition de Lia était une chose du passé – encore une source de satisfaction –, même si, de temps en temps, elle semblait prise d'une humeur pensive. Ma foi, conclut Brady en haussant les épaules, ce n'était pas une bien grosse affaire. Il ne prétendait pas être capable de percer les mystères de l'âme féminine. L'Homme et la Femme étaient aussi incommensurables que les chats et les corbeaux. Les petites bizarreries de Lia ne faisaient que conforter ce point de vue. Elle n'était sans doute pas habituée à l'oisiveté, et elle avait besoin de s'occuper. Ce serait une bonne chose de lui enseigner l'art de la navigation : il en ferait une véritable Royce sillonnant les mers !

En gros, la croisière s'avérait un succès. Comme d'habitude, Carson s'était montré assez éprouvant, mais la situation avait été bien vite rectifiée. Brady eut un petit rire. À Honolulu, la veille du départ, Carson était allé faire une virée en ville pour draguer les filles. Au moment de larguer les amarres, comme il n'était pas réapparu, Brady avait jeté son sac sur le quai, l'abandonnant à terre. Personne ne semblait le regretter.

Malcolm et Dorothy McLure, qui possédaient eux-mêmes un bateau, étaient tout à fait dans leur élément et savouraient chaque instant avec enthousiasme. L'attitude de Kelsey était plus complexe, ce qui n'était pas surprenant, car elle était beaucoup plus compliquée que ses parents. Une situation comparable à l'évolution d'une Corvette décapotable par rapport à une paire de Buick d'avant-guerre. Kelsey était une brune pleine de vivacité, plutôt petite, avec une capacité inépuisable à faire des bêtises et jouer des tours. Brady la considérait comme une petite peste imprévisible, et il veillait à maintenir avec elle des relations d'une correction exemplaire. N'ayant rien d'autre à faire, Kelsey taquinait et faisait souffrir Don Peppergold, un jeune homme pugnace avec des cheveux en brosse et une tête de bull-terrier. Mais plus il s'excitait, plus elle se montrait hautaine et distante, tandis que Jane Wintersea l'observait du coin de l'œil, essayant d'analyser la technique de Kelsey. Quand Jane parvenait à discuter seule à seule avec Don, celui-ci se calmait et devenait poli.

Brady discuta de la situation avec Lia.

— Je pense que j'aurais dû mieux équilibrer le groupe. J'avais pensé à Carson, bien sûr – même si Jane n'est pas exactement son genre.

Surtout, se dit-il, quand le père de Carson était marié à la petite sœur de Jane…

Lia avait une certaine façon d'écouter en haussant les sourcils et en ouvrant de grands yeux, comme si elle se concentrait intensément. Elle rejoignit l'analyse de Brady.

— Jane ne s'est jamais beaucoup intéressée aux hommes. J'imagine qu'avec sa musique, elle n'a jamais vraiment eu le temps. Peut-être, ajouta-t-elle avec candeur, aurais-je dû moi-même travailler un peu plus le piano ?

Ne comprenant pas ce qu'elle voulait dire, Brady changea de sujet.

Le *Dorado* poursuivit sa course au sud-est, par un temps merveilleux dans un paysage de bleu et d'or. Pendant la fin de la matinée et le début de l'après-midi, Brady, Malcolm McLure et Don Peppergold se relayèrent à la barre par tranches de deux heures afin de soulager les hommes d'équipage, même si, grâce au gyrocompas, il n'y avait pas grand-chose à faire à part jeter de temps en temps un coup d'œil à l'aiguille, et ajuster parfois une voile. Brady naviguait avec l'aide de Malcolm McLure, mais aussi en subissant ses remarques véhémentes car celui-ci se considérait comme un as de la navigation. Le soir, c'était McLure qui faisait généralement le point en utilisant le « Principe de McLure du Zénith Calculé ».

— Absolument barbare ! s'esclaffa Brady. Seule une personne prédisposée contre l'ordre et la justice pourrait concevoir un tel cafouillis !

— Pas du tout, pas du tout ! s'exclama McLure. Au contraire, j'ai organisé le chaos.

— Tu crois que tu vas me faire gober ça ? Qu'y a-t-il de plus simple que de viser trois étoiles, et ensuite – moyennant quelques petits calculs très élémentaires, naturellement – déterminer sa position ?

— Mon système. Il est beaucoup plus simple, et de loin.

— Je t'en prie, Mal ! Nous ne sommes pas dans une soirée mondaine, ici. Tu t'adresses à un vrai marin.

— Oui, j'ai remarqué les barnacles que tu as entre les oreilles. Mon système est parfaitement logique. Imagine la voûte céleste et la terre comme deux sphères concentriques. Il est clair qu'en les fixant en deux points, on établit leur relation, tu es bien d'accord ? Voilà la base du système. Deux élévations d'étoiles suffisent à les relier l'une à l'autre. Un calcul me donne la déclinaison du zénith, et avec une correction de temps, la bonne ascension. Je transpose les coordonnées en latitude et longitude, et voilà. Quoi de plus simple ? Je n'ai même pas besoin de tracer des lignes de position. Je marque un point sur la carte et je dis : « Nous sommes ici, exactement ! »

— Ça n'est pas convaincant. C'est très, très discutable. En fait, ça me rappelle le vieux système de Lamont qui est non seulement fastidieux, mais…

— Non, non ! (Les muscles du visage émacié de McLure tressautèrent d'indignation.) Je peux effectuer toute l'opération avec une simple règle à calcul trigonométrique.

— Ce qui introduit une source d'erreur supplémentaire.

— OK, fit McLure. Ça suffit. (Il asséna une tape sur le toit de la petite cabine arrière.) Faisons le point en parallèle. Lia pourra tenir le rôle d'arbitre et de chronométreur.

— Ah, mon Dieu, fit Lia avec un rire gêné, laissez-moi en dehors de tout ça ! Je ne sais même pas de quoi vous parlez.

— Tu sais lire une montre, non ? demanda Brady avec juste une pointe d'âpreté dans la voix.

— Oh, bien sûr, si c'est tout ce que vous attendez de moi.

— C'est tout, confirma McLure. Vous nous dites simplement : « À vos marques – prêts – partez ». Ensuite, Brady, tu vises tes étoiles et tu calcules ta position. Moi, je vise les miennes et je calcule ma position. On verra bien qui aura terminé le premier, et ensuite, on revérifiera pour voir lequel de nous est quarante milles à côté de la plaque.

— Je suis trop vieux pour jouer à ce genre de jeux, déclara Brady. Trop vieux et trop malin. Dommage que Carson ne soit pas là. Ce serait un bon adversaire pour toi. En fait, Carson se débrouille très bien en navigation, dit-il à Lia. Je lui ai appris pas mal de trucs. Je vais m'y mettre aussi avec toi. C'est un sujet que tout un chacun devrait connaître, la navigation céleste.

— Oh, Brady, je serais impossible. Je suis complètement perdue devant des engins avec des boutons et des graduations.

— Tu t'y feras très vite, ne t'inquiète pas. Mal, si tu t'installais là, pour apprendre peut-être quelques raccourcis ?

— Des raccourcis ? Qu'est-ce qu'il y a de plus rapide qu'un calcul instantané ?

— Comment proposes-tu de déterminer une position de façon instantanée ? Je t'avoue que j'aimerais bien le savoir.

— Je suis en train de concevoir un ordinateur capable d'effectuer instantanément tous les calculs. Le Navigateur McLure.

— Il y en a déjà eu une douzaine, dit Brady. Aucun ne s'est avéré utilisable.

— C'est parce qu'ils n'intégraient pas l'électronique moderne, déclara McLure. Ça fait toute la différence. Aujourd'hui, avec loran, consolan et les satellites, on ne se focalise plus sur un ordinateur destiné strictement à la navigation. Le mien répondrait à un véritable besoin.

Pendant ce temps, Lia avait réfléchi : Jane est une musicienne, Kelsey est une vamp. Je vais apprendre la navigation et leur montrer à tous ce dont je suis capable. Elle demanda avec enthousiasme :

— Comment ça marche ?

— C'est une grosse boîte en bois, répondit Brady. À l'intérieur, il y a un navigateur avec un sextant, un chronomètre et un almanach nautique. Mal appuie sur un bouton, et le navigateur écrit la position sur un bout de papier qu'il lui fait passer par une petite fente.

McLure hocha la tête calmement, avec bonne humeur.

— Quelque chose comme ça. Seulement, la boîte fait vingt centimètres de côté, avec trois boutons : un de marche-arrêt, un sélecteur pour cinquante étoiles majeures, et un bouton d'ajustement pour corriger la hauteur au-dessus de l'horizon. Il y a trois fenêtres d'affichage. La première est une horloge indiquant l'heure exacte – l'instrument est capable de s'autocorriger. Les deux autres montrent la longitude et la latitude.

— Ah bon ? ricana Brady. Et comment te sers-tu de cet appareil miraculeux ?

— Très simple. Tu commences par choisir une étoile, disons Arcturus.

Lia intervint avec une question :

— Mais comment peut-on distinguer une étoile d'une autre ? C'est une chose qui m'a toujours intriguée.

— Tu apprendras les constellations, lui dit Brady. C'est exactement comme apprendre le nom des rues dans une ville.

— Mais elles se ressemblent toutes !

— C'est une simple question d'habitude. Tu apprendras vite à les reconnaître.

— Ou sinon… murmura Kelsey, mollement installée sur une chaise longue un peu plus loin.

— Bon, fit McLure, revenons à mon appareil miraculeux. En regardant à travers un viseur, tu le pointes dans la direction d'Arcturus. C'est tout – pas de réticule, pas de niveau à bulle, rien. L'instrument se centre automatiquement sur l'étoile dès qu'elle entre dans son champ de sensibilité. Il comporte aussi un horizon artificiel, de sorte qu'on peut l'utiliser à n'importe quelle heure du jour ou de la nuit. Cet horizon est un miroir flottant dans du mercure, avec un gyroscope pendulaire.

— Ce genre de montage ne marche pas, déclara Brady. Il a déjà été essayé.

— Personne n'a jamais pensé à maintenir la surface de façon électrostatique, en se servant du champ magnétique terrestre comme référence stable. Je n'entrerai pas dans les détails électroniques de la chose. Donc, tu pointes l'optique grosso modo dans la direction d'Arcturus et tu appuies sur un bouton. Tu fais la même chose avec une autre étoile, disons Véga. Aussitôt, ta position apparaît dans les fenêtres d'affichage. Des questions ?

— Pas de questions, répondit Brady. Si les planchettes de ouija marchent, n'importe quel appareil doit marcher.

— Ne faites pas attention à Brady, dit Lia à McLure. Il cherche simplement à vous énerver.

— Je m'en rends bien compte, dit McLure. Dommage pour toi, Brady, je ne suis pas du genre à m'énerver.

Jane, qui était également installée dans une chaise longue à proximité, se mit à rire.

— Moi non plus, heureusement pour Brady. Hier soir, il m'a demandé de jouer de l'harmonica.

— Tu aurais dû apporter ta flûte, déclara Brady. Mal danse une bourrée d'enfer au son de la cornemuse.

— Au lycée, Lia faisait des claquettes.

— Kelsey ! protesta Lia. Tu leur dévoiles tous mes secrets !

— Pas tous, répondit Kelsey avec un sourire espiègle. Mais ne t'inquiète pas, je vais m'arrêter là.

Dorothy McLure avait écouté la conversation, les yeux fermés. C'était une femme malicieuse et pleine de santé, au visage intelligent, avec des cheveux roux bouclés et une peau abîmée par une trop longue exposition au soleil. Elle ouvrit les yeux et se redressa.

— Comme le temps passe ! Je me souviens très bien de ce petit numéro, comme si c'était hier.

— Quel petit numéro ? demanda Brady.

— Le numéro de claquettes de Lia.

— Oh, Dorothy, je vous en supplie ! Pas ça ! J'étais tellement maladroite…

— Pas du tout. Qui était l'autre fille ? Inez quelque chose.

— Inez Gallegos, dit Kelsey. Elle est morte.

— Morte ? Comment est-ce possible ? Un accident ?

— Il est possible qu'elle ait été assassinée par accident.

— Mais c'est affreux ! Je l'ai croisée en ville il y a juste quelques mois. Elle était avec un jeune homme. Comme elle ne me l'a pas présenté, j'en ai déduit que ce n'était pas son mari.

— Elle ne s'est jamais mariée, dit Kelsey.

— Bien sûr que si ! s'écria Lia. Je suis sûre qu'elle l'était.

Kelsey haussa les épaules.

— En tout cas, si elle avait un mari, la police n'a pas réussi à le trouver.

— Peut-être que pour des raisons professionnelles, elle tenait à garder son mariage secret, suggéra Jane.

N'ayant rien d'intéressant à apporter à la conversation, Don Peppergold commença à s'impatienter.

— Des secrets, des secrets ! chantonna-t-il. Tout le monde a des secrets !

Lia soupira.

— J'aimerais bien savoir les secrets de Brady. Quelqu'un les connaît ?

— Oui, absolument, répondit Brady. Il y a deux personnes qui les connaissent. L'une est Dieu, et je suis l'autre. Nous restons bouche cousue tous les deux.

McLure intervint :

— Si toi ou ton collègue vouliez bien ordonner au vent de souffler un peu plus fort, nous pourrions tracer un bon chemin, pour changer un peu. Le courant nous entraîne vers l'ouest plus vite que nous n'allons à l'est.

— Tu es pressé ? demanda Brady.

Dorothy McLure lui tapota affectueusement le genou.

— Bien sûr que non, dit-elle. J'espère que nous n'arriverons *jamais*. J'ai l'impression d'être en voyage de noces, moi aussi.

— Ha, fit Brady en lançant un coup d'œil vers McLure, le vieux bougre a encore de la ressource, hein ?

Le voyage se poursuivit. L'océan était d'un bleu extraordinaire, les vagues étaient longues et paresseuses, d'immenses dunes liquides parsemées de points lumineux.

Le matin du 10 juin, il y eut une succession de bourrasques de pluie venues de nulle part. Sous la puissance des rafales, le *Dorado* commença à ralentir, puis il dériva vers l'ouest, au grand mécontentement de Brady et de McLure, qui tenaient plus que jamais à faire route vers l'est. Le même soir, un orage spectaculaire approcha du nord-ouest. D'immenses nuages de plomb étaient parcourus de lueurs violettes au milieu des éclairs. Le bruit du tonnerre était presque inaudible, et l'orage finit par s'éloigner au nord-est. À dix heures du soir, on ne voyait plus que des éclairs dansant au loin, et les dernières lueurs disparurent vers minuit.

CHAPITRE VI

Luke vida son verre et le reposa brusquement sur la table. Il retourna à l'intérieur et fit sa valise, qu'il jeta dans le vieux pickup Fiat qui semblait appartenir à Armand. Il regagna la route principale et tourna à gauche vers Papeete. À l'endroit où il avait été projeté dans le vide était garée la grosse Peugeot noire de la gendarmerie de Taravao.

Luke s'arrêta et descendit lentement du pickup. Au pied de la falaise, deux gendarmes balayaient les rochers du faisceau de leurs lampes torches… Luke se caressa la barbe. Comment avaient-ils su si vite qu'il y avait eu un accident ? Une seule autre personne était au courant… Luke remonta dans la Fiat et reprit sa route.

À Papeete, le long du front de mer, il y avait un certain nombre d'hôtels bon marché rarement fréquentés par les touristes. L'un d'eux, situé non loin du Vaima, s'appelait l'Hôtel du Sud. Pour 200 francs, Luke prit une chambre au premier étage avec une terrasse privée surplombant le bord de mer, qui offrait une vue particulièrement pittoresque.

Au Vaima, il s'acheta un sandwich au jambon et retourna à l'hôtel. Là, il s'installa sur la terrasse où il resta jusqu'à minuit à échafauder des plans qu'il rejetait l'un après l'autre. En parler aux gendarmes ? Il ne pouvait leur fournir aucun indice ni preuve, à part une identification faite en un dixième de seconde, et qui plus est avec le soleil dans l'œil. Une perte de temps. Il alla se coucher et finit par s'endormir.

Le lendemain matin, Luke emprunta une paire de ciseaux à la gérante de l'hôtel. Il se coupa la barbe et termina le travail à l'aide du rasoir qu'il avait trouvé dans sa valise. Il fronça les sourcils en voyant l'étrange visage nu dans la glace : comme il avait l'air ingénu, bêtement joyeux, même quand il faisait la grimace ! C'était dû en partie à ses cheveux trop longs et en bataille. Sans même prendre le temps de petit-déjeuner, Luke se rendit chez le coiffeur de la rue du Général de Gaulle, où il se fit couper les cheveux très court. En retournant sur le front de mer, il acheta le journal local, s'installa à la terrasse du Vaima et commanda un petit déjeuner… Un article attira son attention. Le titre était : *Un scientifique américain victime d'un tragique accident.* Apparemment, M. Luke Royce, qui effectuait des recherches océano-graphiques près de Teahupoo, avait été tué lorsque son scooter avait dérapé et plongé dans la mer. Les gendarmes, informés de l'accident par un passant horrifié, s'étaient aussitôt rendus sur les lieux, mais en vain. Le corps avait très certainement été emporté à travers le récif, le courant étant particulièrement fort à ce moment-là.

Luke réfléchit. Les gendarmes seraient mécontents s'il ne les infor-mait pas qu'il était toujours vivant. Cela étant, il n'était pas censé avoir vu cet article. Si Yeux-Noirs le croyait mort, cela pourrait lui conférer un petit avantage… L'objet des réflexions de Luke apparut sur le trottoir, s'approchant d'un pas alerte. Yeux-Noirs en personne. Aujourd'hui, avec son short blanc, il portait un polo noir, des sandales et des chaus-settes également noires.

Luke leva son journal pour dissimuler son visage. L'homme s'assit cinq mètres plus loin, face au port. Luke abaissa légèrement son jour-nal pour étudier son profil. L'inconnu était là, assis tranquillement et confortablement, sans le moindre remords pour le triste sort du pauvre Luke Royce. L'étape suivante, songea Luke, serait de se rapprocher de lui, d'apprendre son identité, et si possible, avec un peu de chance, de lui rendre la monnaie de sa pièce.

Le tuer ? Pourquoi pas ?

Luke sentit une petite crampe à l'estomac, un frisson de dégoût.

Malgré son absence de barbe et sa nouvelle coupe de cheveux, il se sentait vulnérable. Quelques pas plus loin, là où la rue Bréa débouchait sur le quai de Bir-Hakeim, se trouvait un magasin de souvenirs. Luke y entra et s'acheta une chemise tahitienne vert et noir, une paire de lunettes de soleil, et un chapeau en fibre de cocotier. Il se regarda dans la glace : la transformation était complète. Il avait changé au point qu'il ne se reconnaissait plus lui-même.

Luke retourna au Vaima. Il s'arrêta net, dépité. Son ennemi était parti.

Chapitre VII

Le *Dorado* était entré dans la zone du Pot au Noir. Les vents étaient tombés, laissant place à un calme de verre. L'océan s'élevait et s'abaissait lentement, de quelques centimètres seulement, en une houle presque imperceptible. La goélette flottait immobile, les voiles pendantes. Brady avait posté des guetteurs de requins, deux matelots équipés d'un masque et d'un tuba, un à la proue et l'autre à la poupe. Ses invités pouvaient à présent s'ébattre joyeusement au milieu de l'océan. Ils plongeaient depuis le bastingage dans les eaux d'un bleu limpide, nageaient sous la coque, flottaient à la surface, s'amusaient à s'éclabousser.

Ni Brady ni Lia ne s'étaient joints à la fête. Lia, dans son maillot de bain, se tenait à l'écart, installée sur une chaise longue. Brady ramait à proximité du groupe dans un dinghy. L'idée de nager avec six mille mètres d'eau au-dessous de lui le faisait frissonner. Et si, tout à coup, il n'arrivait plus à flotter ? Six mille mètres, quelle sombre plongée, glacée, solitaire… En de rares occasions – pas cette fois –, il se forçait à se joindre à des nageurs plus sûrs d'eux, tout en gardant les yeux soigneusement fermés sous l'eau pour ne pas voir le bleu clair ensoleillé se transformer en une obscurité bleu foncé.

Les autres ne souffraient pas d'une telle phobie. Avec une pointe d'envie, Brady les regardait jouer dans l'eau. Don Peppergold s'était éloigné de deux cents mètres vers le nord. Au milieu de l'océan, les requins ne constituaient pas une bien grande menace, mais ils étaient terriblement imprévisibles. Il n'était pas impossible que l'un de ces monstres se trouve dans les parages, avec des conséquences effroyables.

Brady s'approcha de Don Peppergold, qui faisait la planche en contemplant le ciel, et lui confia ses craintes.

— Il n'y a rien de plus redoutable qu'un requin. Si l'un d'eux vous attrapait, c'en serait fini de vous. Vous feriez mieux de retourner au bateau.

— À vos ordres, capitaine.

Don repartit en nageant le crawl. Brady s'arrêta un instant pour admirer le *Dorado*, sa proue audacieuse, sa coque généreuse, l'étendue de ses voiles blanches. C'était une excellente chose que d'être Brady Royce, maître du *Dorado* ! Tout se passait bien. Lia semblait s'amuser, même s'il décelait parfois en elle une humeur mystérieuse. Dépression ? Ennui ? Difficile à croire. Brady secoua pensivement la tête. Son projet de lui enseigner l'art de la navigation n'avait abouti à rien. Lia ne montrait aucune inclination pour le sujet. Elle tenait le sextant comme si c'était un animal mort, et elle tournait les pages de l'almanach avec un air résigné. Brady ne voyait aucune raison de se plaindre. Lia avait essayé, elle avait réellement fait de son mieux. Il y avait des gens qui ne pouvaient tout simplement pas comprendre la navigation. Lia avait d'autres qualités – la beauté, le charme, l'amabilité – qui compensaient largement son incapacité à tirer des traits pour déterminer la position. En fait, si l'on avait exigé de Brady qu'il critique sa femme, il n'aurait pu mentionner que sa réserve assez incompréhensible, et parfois agaçante. Elle se sentait peut-être gênée par la présence de sa sœur. Elles ne semblaient pas éprouver beaucoup d'affection l'une pour l'autre, et elles se disputaient parfois à voix basse, s'arrêtant net quand quelqu'un s'approchait. Brady ne savait pas quoi penser de Janè. C'était une jeune femme attirante, et même fascinante d'une façon bizarre, trop civilisée. Dans un film de science-fiction, sans même avoir besoin de maquillage, elle aurait pu jouer le rôle d'une Martienne. Brady devait reconnaître qu'elle l'intriguait parfois. Lia était belle, mais un peu apathique. Jane, bien que pâle et renfermée, était tout sauf apathique, et semblait agitée en permanence de pulsions peu orthodoxes.

Personne n'est parfait, conclut Brady, même pas moi. Il considérait comme un fait acquis que ses invités, même inconsciemment, lui en voulaient pour sa richesse et pour l'autorité qu'il exerçait sur eux en tant que maître du *Dorado*. En retour, il se sentait obligé de jouer le rôle du tyran bougon, mi-bienveillant mi-irascible. Mais en réalité, il n'était pas du tout comme ça. Brady poussa un grognement résigné. Il y avait pire qu'être pauvre… Là, au moins, on savait qui étaient vos vrais amis. Quand on épousait une belle jeune femme, on savait avec certitude ce qu'elle pensait de vous, et tous les autres le savaient aussi.

Brady rit doucement. S'il était pauvre, sans un sou, sans le *Dorado*, sans Golconda, il n'aurait peut-être pas d'amis ni de jeune et belle épouse. Mieux valait prendre les choses comme elles étaient. Au fond, pourquoi se soucier de ce que les autres pouvaient penser ? Qu'ils aillent tous au diable !

Brady retourna au *Dorado* en ramant. Lia, Jane et Kelsey McLure étaient réunies sur le pont. Le maillot de bain de Lia était rose, celui de Jane blanc, et celui de Kelsey bleu ciel. Un spectacle tout à fait délectable, songea Brady. Lia était la plus belle, bien sûr. Jane était plus intense, et, ma foi, plus intelligente. Elle n'était pas aussi souple, et ses formes étaient moins pleines. Elle avait une silhouette de mannequin, même si elle n'aurait sans doute pas apprécié la comparaison. Kelsey était plus petite que les deux sœurs, avec un corps mince et vibrant d'énergie. C'était aussi une jeune femme assez déconcertante. En la regardant se livrer à ses petits jeux avec Don Peppergold, Brady se demandait si elle n'avait pas un léger fond de malice. Lia ne manifestait qu'une sorte de vanité distraite qui n'incommodait même pas les autres femmes. Jane ne semblait pas avoir conscience de son propre pouvoir d'attraction. Kelsey avait conscience de tout. Elle savait ce que les hommes ressentaient, et elle savait comment les amener à en ressentir encore plus. Brady avait entendu des rumeurs selon lesquelles, pendant son adolescence, elle avait posé quelques problèmes.

Tous les nageurs remontèrent à bord. Brady et l'équipe de veilleurs de requins les suivirent. On hissa le dinghy. William Sarvis, le chef mécanicien du *Dorado III* et maintenant du *Dorado IV*, vint s'entretenir avec Brady.

— Nous n'aurons plus de vent aujourd'hui. Ce serait une bonne idée de faire tourner les diesels. Un peu d'exercice ne leur ferait pas de mal.

Brady examina le ciel. Il était entièrement dégagé, à part quelques petits cumulus sur la ligne d'horizon à l'est. Il hocha la tête.

— Démarrez-les.

Sarvis s'éloigna. Les moteurs toussotèrent, l'échappement crachota. Cinq minutes plus tard, l'endroit où le bateau s'était arrêté, où les passagers avaient nagé, fut à un demi-mille derrière eux, impossible à distinguer de n'importe quelle autre partie de l'océan.

CHAPITRE VIII

Luke se considérait comme l'homme le plus raisonnable et le plus tolérant qui soit. Mais cette situation était spéciale. C'était une amère frustration de voir que son gibier s'était mis à couvert. N'empêche, se dit-il pour donner une base rationnelle à ses émotions, personne n'a jamais essayé de me tuer jusqu'ici.

Il jeta un coup d'œil le long du front de mer. Yeux-Noirs avait pu partir dans quatre ou cinq directions. En ce dimanche matin si paisible, où un homme aussi agité avait-il pu aller ? À son hôtel ? À sa Citroën de location, pour faire un tour dans la campagne ? À l'église ? Aucune chance…

Luke marcha jusqu'au quai du Commerce, où il regarda les ponts du *Godesund*, un navire de croisière suédois amarré au ponton. Aucun signe de son ennemi.

Il fit demi-tour et avança le long des yachts à l'ancre, passa devant le *Rahiria* en regardant autour de lui. Aucun signe de Yeux-Noirs. Luke traversa la rue et se laissa tomber sur une chaise du Vaima, où il se prépara à attendre. Tôt ou tard, Yeux-Noirs devait repasser par le quai de Bir-Hakeim et entrer dans son champ de vision.

Luke attendit deux heures en buvant du café, tandis que les habitants de la ville défilaient devant lui. Un groupe de touristes du bateau suédois apparut, avançant tel un troupeau solennel. Tous suaient à grosses gouttes, tous semblaient vaguement mal à l'aise comme s'ils ne se sentaient pas à la hauteur des légendes. Certains étaient mornes, d'autres murmuraient en se donnant des coups de coude, d'autres encore affichaient une gaieté factice. Ça ne devait pas être facile d'être suédois, songea Luke.

Le temps passa. Luke regarda sa montre. 14 heures. Yeux-Noirs était certainement retourné à son hôtel pour déjeuner, et devait être maintenant installé à la terrasse devant un grand verre de punch. Luke héla un taxi. Il visita un à un tous les grands hôtels, en inspectant le hall, le bar et la terrasse, scrutant les clients allongés sur la plage. Il n'osait pas poser de questions à la réception, car les employés pourraient le mentionner à Yeux-Noirs. Partout, le résultat fut négatif. Dans le crépuscule bleu lavande, Luke retourna au Vaima, où il but lui-même deux verres de punch.

Les événements de la veille commençaient à s'estomper. Ils étaient trop grotesques pour être crédibles. Sans rien sur quoi se focaliser, son premier accès de rage était difficile à maintenir, et Luke commença à se raisonner. Cet épisode n'était-il pas une simple coïncidence ? Un accident tout ce qu'il y avait de plus banal ? Luke fit la grimace. C'était pousser un peu trop loin son analyse dépassionnée. Les circonstances étaient bien réelles. Les bleus qu'il avait sur les côtes lui faisaient réellement mal. Encore une fois, il se mit en colère. Et maintenant, quid de l'avenir ? S'il ne réussissait pas à repérer, identifier et punir Yeux-Noirs avant mardi – ce qui était plus que probable –, devait-il quand même embarquer sur le *Rahiria* ? Ou devrait-il rester à Papeete ? Il balançait entre les deux attitudes. Pendant ce temps, des lumières apparurent le long du front de mer. Quinn's, une cinquantaine de mètres plus loin, montrait sa guirlande d'ampoules vert olive.

À 20 heures, Luke abandonna sa surveillance. Chez Chapiteau, dans la rue des Écoles, il dîna d'un steak frites avec une bouteille de bordeaux. En retournant sur le front de mer, il passa devant Quinn's, où la simple curiosité le poussa à jeter un coup d'œil par les portes ouvertes. L'orchestre, composé de trois guitaristes, un bassiste, un saxophoniste et un batteur, jouait *Rose of San Antone*, ponctué de petits cris polynésiens. La salle était déjà noire de monde. La piste vibrait sous l'enthousiasme des danseurs, dont les deux tiers étaient des Tahitiens portant des colliers de fleurs et totalement indifférents au fait qu'une centaine de dames et de messieurs de la croisière suédoise, assis dans une partie isolée qui leur était réservée, avaient parcouru la moitié de la planète pour venir les voir. Des soldats, des marins et un groupe de légionnaires en képi blanc se tenaient au bar ou dansaient avec les filles

– les célèbres « Quinn's Girls », quelque peu débraillées et totalement dépourvues d'inhibitions.

Ailleurs, entassés dans des alcôves, genou contre genou, on voyait les touristes des hôtels, de jeunes yachtmen brûlés par le soleil, des Français et des Françaises aux tenues bariolées venus du camp de vacances de Moorea. Il y avait trop de couleurs, trop de bruit, trop d'agitation pour pouvoir tout absorber. Les Suédois en particulier semblaient pétrifiés. En s'approchant du bar, Luke eut la chance de trouver un tabouret libre. Il commanda une bière, et aperçut aussitôt l'homme qu'il avait cherché tout l'après-midi. Yeux-Noirs était assis à une table près du mur en compagnie d'une jeune Tahitienne vêtue d'un paréo rouge et bleu très moulant. Sur sa tête, un peu de guingois, était posée une couronne de fleurs de gingembre. Ce soir, Yeux-Noirs portait un pantalon gris, des chaussures blanches, un col roulé léger à rayures noir, gris et blanc. Une tenue plutôt vulgaire, songea Luke avec une pointe de déception. Il aurait préféré que son assassin soit un gentleman. Yeux-Noirs était une énigme. Il avait l'arrogance d'un seigneur, il était très beau – même si c'était d'une beauté particulière –, il semblait habile et compétent. Un tueur professionnel ? Luke sentit un frisson dans le dos. Il observa l'homme avec fascination. Yeux-Noirs était mollement assis, parfaitement détendu, avec presque l'air de s'ennuyer, un long cigarillo se consumant entre ses doigts. La fille recourait à son jeu d'expressions les plus éprouvées : une moue, les épaules rentrées, un froncement de son nez camus, un positionnement encore plus précaire de son *lei* de gingembre sur la tête. Yeux-Noirs la regardait avec un détachement amusé. La fille n'était pas vraiment à son goût, et Luke aurait été d'accord pour dire qu'elle avait l'air un peu relâchée et déjà bien utilisée, sur le seuil dangereux de l'embonpoint.

La musique s'arrêta brusquement, tel un troupeau affolé arrivant juste au bord d'un précipice. Tandis que les musiciens faisaient une pause pour reprendre leur souffle, les danseurs s'éloignèrent de la piste. On entendit soudain des voix, des rires, des tintements de verres. Mais cela ne dura pas longtemps. Les musiciens changèrent de position : les guitaristes se placèrent sur le devant, le saxophoniste troqua son instrument contre un ukulélé baryton, et le batteur se mit un tambour de cuir entre les cuisses. Un silence, une attente, puis quatre accords discrets sur l'ukulélé, quatre accords rapides sur les guitares : le *tamure* ! Sans tenir compte de ses protestations, la fille entraîna Yeux-Noirs sur la piste. Luke se tordit le cou pour les suivre des yeux, mais ils étaient perdus dans la foule.

Luke fit tourner son verre en contemplant les lumières dans les amas de bulles. Il avait trouvé Yeux-Noirs… Et maintenant, quoi ? Il n'avait pas d'idée précise. Il se rendit compte qu'il avait omis de définir ses objectifs. Que voulait-il vraiment ?

Le plus urgent était de savoir le *pourquoi*. La vengeance, légale ou autre, pourrait suivre. Il convenait donc de mener une enquête. Luke s'accouda au bar et regarda les danseurs s'agiter, se convulser et se contorsionner. La musique s'arrêta. Les danseurs poussèrent un grand soupir et quittèrent lentement la piste. En se tordant sur son tabouret, Luke croisa brièvement le regard de Yeux-Noirs, mais il ne s'y arrêta pas. Quand il le regarda de nouveau, Yeux-Noirs faisait signe à la serveuse. Manifestement, il n'avait pas l'intention de partir tout de suite.

Une deuxième fille vint s'asseoir à sa table, une amie de la femme en paréo rouge et bleu. Celle-là était plus jeune et plus svelte, avec un visage frais et souriant. Yeux-Noirs se redressa légèrement sur sa chaise. La femme en rouge et bleu fronça les sourcils.

Luke termina pensivement son verre. La musique reprit, cette fois une vieille mélodie des îles dérivée peut-être d'un hymne des missionnaires. Luke soupira en regrettant son ancienne vie si facile. Le moment était venu de passer à l'action. Il descendit de son tabouret, secoua les épaules et traversa la salle pour rejoindre la table de Yeux-Noirs. Là, il s'arrêta devant la fille au paréo rouge et bleu.

— *Voulez-vous danser ?*

Elle leva les yeux et examina froidement Luke. Et puis, avec un coup d'œil vers Yeux-Noirs et la fille qui venait de les rejoindre, elle répondit :

— *Oui, m'sieur.*

Il l'accompagna jusqu'à la piste, où il commença à danser sans enthousiasme. La fille sentait la fleur de gingembre, le parfum et la transpiration. Son corps semblait massif entre ses bras, et ses cheveux lui grattaient la joue.

Elle finit par s'écarter légèrement pour lever les yeux vers lui avec un sourire édenté.

— Vous Américain, *oui ?*

— C'est ça, dit Luke. *Et vous ?*

— *Moi ? J'suis tahitienne !* (Elle le regarda avec un étonnement amusé.) Vous aimez Papeete ? Bon endroit, hein ?

— Oui, très agréable.

— C'est bien. Beaucoup de jolies vahinés. Où vous habitez ?

— Je suis au Blue Lagoon, mentit Luke.

— Bon endroit. *Très cher.* Ça coûte beaucoup trop d'argent, hein ?

— C'est vrai. Beaucoup trop.

— Vous aimez jolie vahiné comme petite amie ? Peut-être vous voulez ramener gentille fille en Amérique ?

— J'ai bien peur que ça ne soit hors de question. Au fait, cet homme à la table, là-bas, comment s'appelle-t-il ?

La fille fit une grimace complexe en haussant les épaules. Elle tira Luke par le bras.

— Venez, on s'assoit. Vous pas très bon danseur. Mais vous me payez un verre.

— Avec plaisir.

Ils retournèrent à la table. La fille se laissa tomber lourdement sur sa chaise. Luke en tira une autre et tenta un sourire amical vers Yeux-Noirs.

— Vous permettez que je me joigne à vous ?

— Allez-y.

— Je suis Jim Harrison.

Et Luke sourit à Yeux-Noirs d'un air interrogateur.

— Enchanté.

Luke se vit gratifier d'un regard tellement indifférent qu'il en était insultant. C'est alors que, peut-être alerté par son subconscient, Yeux-Noirs le regarda de nouveau avec une lueur d'intérêt perplexe dans les yeux.

Luke se dépêcha de faire signe à la serveuse.

— Qu'est-ce que vous buvez, tous ? Du punch pour les filles ? Et vous ? Heu, c'est quoi, votre nom ?

— Whisky-soda.

— Une bière pour moi.

Luke se tourna de nouveau vers Yeux-Noirs en essayant de trouver un sujet de conversation plausible. Pendant qu'il réfléchissait, il y eut de l'agitation, et une autre personne se joignit à leur petit groupe : une femme énorme avec un visage comme un pavé de bœuf, une masse de cheveux noirs sous un chapeau de paille, et une guirlande de *pikake*. Elle fit un large sourire à Luke et réussit à s'insérer sur une chaise.

— *Voilà Odette*, dit d'une toute petite voix la fille avec qui Luke avait dansé.

— Bonsoir, tout le monde ! s'exclama Odette d'une voix rauque. (Elle donna un coup de coude à Luke.) Tu penses quoi, cow-boy ? Tu aimes ?

— Tout va bien, répondit Luke. Odette, il faut que je te présente… (il jeta un coup d'œil à Yeux-Noirs.) Désolé, je n'ai pas bien saisi votre nom ?

— Ben Easley.

— Odette, voici Ben Easley.

— Enchanté

— Salut, cow-boy.

Odette se rapprocha de la table en examinant les verres et les bouteilles. Elle dit quelques mots en tahitien aux deux autres filles, qui éclatèrent de rire.

— Qu'est-ce qu'elles racontent ? demanda Ben Easley à personne en particulier.

— Elles sont en train de nous répartir, dit Luke. En tout cas, c'est ce que je crois comprendre.

Easley leva son verre.

— J'espère que la grosse vous aime bien.

— Elle est impressionnante, reconnut Luke. C'est la première fois que vous venez au Quinn's ?

— Oui.

— Ça ne doit pas faire longtemps que vous êtes à Papeete.

— Non, pas très longtemps.

En s'efforçant de garder un sourire aimable, Luke poursuivit :

— Ça fait deux mois que je suis dans le coin. Un peu trop longtemps, en fait. J'envisage de changer de boutique.

— Deux mois ? Vous devez être plein aux as. Ça coûte une fortune d'habiter ici.

Easley s'exprimait d'une façon particulière, par petites phrases sardoniques.

— C'est malheureusement vrai, dit Luke. J'économise sur tout ce que je peux. Vous logez où ?

— Dans une grande bâtisse, un peu plus loin. (Easley jeta un coup d'œil vers Odette et ses deux amies.) La population locale n'est pas à la hauteur de sa réputation. Où sont les jolies poupées dans leurs jupes de cellophane ?

— Ici et là, autour de l'île. Elles existent vraiment.

— Vous en connaissez ?

Pour la première fois, Easley regardait Luke avec intérêt.

— Quelques-unes.

— Comment sont-elles ? Vraiment amicales ?

Luke réfléchit en faisant la moue.

— Comme toutes les filles du monde, je dirais – peut-être un tout petit peu plus.

Easley se cala contre son dossier et alluma un cigare. Odette posa les coudes sur la table et regarda les deux hommes tour à tour, chaque mouvement dégageant une épaisse odeur de talc à la rose.

— Lequel m'offre un verre ?

— Pas moi, murmura Easley.

Odette se tourna vers Luke.

— Hé, cow-boy, tu me payes à boire, hein ?

— Bon, après tout, dit Luke avec embarras, pourquoi pas ?

Il fit signe à la serveuse.

— Tu es un gars bien. Celui-là… (Odette pointa le pouce vers Easley)… c'est un *popaa* radin.

Easley resta indifférent.

Odette donna un coup de coude à Luke.

— Tu me connais ? Odette.

— Oui, on s'est déjà rencontrés.

— Celle-là, c'est Aiinea, et celle-là, c'est Ellie. C'est ma fille. (Ellie fit un grand sourire un peu timide, que Luke trouva assez charmant.) Hein ? Qu'est-ce que t'en dis ? beugla Odette. Je suis pas une bonne mama ? Je bois, tu bois. Tu as un *popaa*, j'ai un *popaa*.

— Est-ce qu'elle dit « papa » ? demanda Easley un peu intrigué.

— Non, dit Luke, *popaa* veut dire « homme blanc ». On dirait qu'elle vise une soirée à quatre. Je crois que vous lui plaisez.

— Je ne suis pas son type, répondit Easley.

La musique reprit. Easley se leva rapidement et emmena Ellie sur la piste de danse. Odette et Aiinea examinèrent Luke, qui fit semblant de ne rien remarquer.

Quinn's était maintenant bondé. Des visages brillaient au milieu des lumières et des ombres colorées. La musique était presque couverte par les rires, les cris et les conversations. Dans un coin, une bagarre éclata. Avec une dextérité confinant à l'élégance, deux videurs jetèrent les combattants dans la rue.

La musique s'arrêta. Easley revint à la table, un bras passé autour de la taille d'Ellie. Il appela la serveuse et commanda pour Ellie et lui. Odette et Aiinea l'observèrent avec un dégoût non dissimulé, mais elles furent distraites par deux légionnaires qui passaient en titubant.

En affichant son sourire le plus aimable, Luke lança à Easley :

— Vous avez l'intention de rester longtemps à Papeete ?

Cette affabilité constante sembla enfin éveiller les soupçons d'Easley. Il perça Luke de son regard noir.

— Quoi ?

Luke était certain qu'il avait entendu. Avec un sourire toujours figé, il répéta la question.

Si Easley avait eu des soupçons, il semblait maintenant rassuré.

— Non, pas très longtemps, répondit-il sur un ton bourru. Je pars mardi, dans la cambrousse.

Le sourire de Luke s'estompa, et il resta bouche bée.

— Dans la « cambrousse » ? Les îles extérieures ? Vous prenez le *Rahiria* ?

— Oui.

— C'est une sacrée coïncidence. Justement, moi aussi j'embarque sur le *Rahiria*. Enfin, c'est du moins ce que je crois, ajouta Luke d'un air songeur.

La vieille goélette était peut-être un peu trop petite si Easley venait à découvrir son identité. Et d'abord, pourquoi Easley prenait-il le *Rahiria* ? Comme Luke, pour rejoindre le *Dorado* ? Luke sentait ses pensées tourbillonner. Il secoua la tête, plongé dans la perplexité. Tant de variables, tant d'impondérables !

Easley avait remarqué l'étonnement de Luke, qui sentit le regard glacé de ses yeux noirs. Mais Easley fut distrait. Un légionnaire s'approcha de la table et se pencha vers Ellie. Easley haussa les sourcils avec désapprobation. Le soldat, un Allemand blond avec une fine moustache, ne lui prêta pas attention. La musique commença. Easley se leva d'un air décidé, mais avant qu'il n'ait pu agir, l'Allemand avait soulevé la fille de sa chaise et, avec une gesticulation teutonique, il l'emporta jusqu'à la piste de danse.

Easley se rassit et contempla son verre. Luke l'observa avec une étrange fascination. Easley était peut-être en train de planifier un meurtre. Luke grimaça. Il était sans doute temps de se retirer. Il avait rempli ses objectifs de base. L'homme s'appelait Ben Easley, et il embarquerait mardi à bord du *Rahiria*. Mais Luke avait un fond obstiné qui ne lâchait pas prise. Quelle était cette citation sur l'alcool et une langue déliée ? *In vino veritas* ? S'il faisait boire Easley suffisamment, il pourrait en apprendre plus. Mais cela pourrait aussi mener au désastre. Il pouvait difficilement lui déverser de l'alcool dans le gosier sans boire lui-même. La soirée pourrait se terminer par des échanges de secrets à l'oreille… Luke vit quelque chose qui le fit se raidir sur sa chaise : son cousin Carson, apparemment soûl.

Chapitre IX

Carson était juché sur un tabouret de bar, à moitié affalé sur le comptoir. Il n'avait pas encore vu Luke dans cette lumière tamisée et ces ombres dansantes. De plus, il ne semblait pas avoir l'esprit particulièrement alerte. L'espace d'un instant, une hypothèse effrayante traversa l'esprit de Luke. Et si Carson et Ben Easley étaient complices, complotant ensemble sa mort… ? Pure folie !

Le risque était que Carson le voie et se mette à beugler : « Hé, Luke ! » La situation pourrait devenir embarrassante. Luke se leva à moitié, prêt à partir, puis il se rassit lentement. Carson était bien incapable de reconnaître qui que ce soit. D'autres questions se posaient : Pourquoi et comment Carson était-il ici ? Le *Dorado* n'était quand même pas dans le port ! Luke examina prudemment le jeune homme. De bien des façons, il ressemblait à son père – un Brady Royce plus jeune, débraillé et moins affirmé. Il avait des cheveux noirs, raides et ternes, les mêmes pommettes lourdes. Sa bouche, aux lèvres un peu trop épaisses, était plissée en une grimace boudeuse. Mais Carson n'était pas totalement mauvais. Son indolence et son obstination étaient compensées par une gaieté assez charmante, et une grande générosité.

Il était absurde d'imaginer Carson conspirant avec Ben Easley. Mais sa présence à Papeete restait mystérieuse. Résoudre ce mystère était la simplicité même : il suffisait de lui poser la question.

Mais d'abord : Easley et Carson se connaissaient-ils ? Luke observa discrètement Easley, qui ne pouvait pas ne pas avoir remarqué Carson, seulement dix mètres plus loin dans la lumière crue des ampoules jaunes au-dessus du bar. Easley semblait pensif. Il commence à être soûl, songea Luke. Ses yeux noirs brillaient, chacun de ses gestes semblait soigneusement calculé. Il ne manifestait aucun intérêt pour Carson.

Des projecteurs s'allumèrent, braqués sur une estrade placée contre le mur du fond. Une fille vêtue d'un pagne apparut. Elle se mit à se balancer et à pivoter. Easley reporta sur elle toute son attention. Luke se leva et s'approcha du bar, où il tapota l'épaule de Carson. Celui-ci poussa un petit cri rauque :

— Je te cherchais partout !

— Du calme, lui fit Luke. Viens avec moi, à l'autre bout du bar.

— Pour quoi faire ? demanda Carson. Il est pas bien, ce bout-là ? Je regarde la gymnastique. On dirait une manchote qui essaie de s'extraire de son corset.

— Ne t'occupe pas de ça maintenant, dit Luke en jetant un coup d'œil vers Easley. Allez, viens par ici.

Carson le suivit à l'autre bout du bar.

— Qu'est-ce que c'est que tout ce mystère ? Tu essaies d'éviter quelqu'un ?

— Pas exactement. Qu'est-ce que tu fais à Papeete ?

— La même chose que toi, j'attends le *Dorado*. Mon vieux a quitté Honolulu sans ma permission. En fait, je n'étais même pas à bord. Alors, j'ai pris l'avion avec ma carte de crédit. Bon, maintenant, qu'est-ce qui se passe ? Pourquoi on se cache comme ça ?

Luke pointa le doigt vers Easley.

— Ce type brun à côté de la fille en rouge et bleu… tu le connais ?

— Jamais vu de ma vie.

— Il s'appelle Ben Easley.

— S'il s'appelait Jésus-Christ, je ne le connaîtrais toujours pas. Il me connaît, lui ?

— Apparemment pas. C'est un recouvreur de dettes, quelque chose comme ça. Je lui ai dit que je m'appelle James Harrison, alors fais semblant de ne pas me connaître. Surtout, ne m'appelle pas « Luke ». Tu as bien compris ?

— Aucun problème. « James Harrison », d'accord. « Luke Royce », non. Il te faut autre chose ?

— De la discrétion. Brady sait que tu es ici ?

— J'ai discuté avec lui par radio. Je pense qu'il le sait, et je crois qu'il s'en fiche. Sa femme l'a complètement hypnotisé.

— Ah bon ? Elle est comment ?

— Difficile à dire. Elle a été mannequin autrefois, si ça répond à ta question. J'ai cru comprendre que tu te joignais à la croisière ?

Luke acquiesça.

— Je vais prendre un bateau pour les Marquises, j'embarquerai là-bas.

Carson cligna des yeux et tituba. Il vida son verre.

— Tu pars quand ? Je t'accompagne.

— Mardi, sur le *Rahiria*. C'est une goélette, pas très confortable. Pas de stewards, pas de plaid sur les genoux, pas de jeux sur le pont.

— Je m'en fiche. Je suis en révolte contre la civilisation. Nous sommes tous trop mous, trop prudents, trop propres. J'ai l'intention de me consacrer aux fondamentaux. Nourriture, boisson, télé, femmes, Si j'étais toi, Luke…

— Pas « Luke » ! « Jim Harrison » ! N'oublie pas, tu ne me connais pas ! Nous sommes des étrangers !

— Luke, franchement, tu m'épates !

— Je t'expliquerai une autre fois. Pour le moment… au fait, où est-ce que tu loges ?

— À l'hôtel Tahiti, dans une petite paillotte, avec des lézards artificiels qui se baladent au plafond.

— Je crois bien que ce sont des vrais. Si j'étais toi, j'y retournerais maintenant. Tu as pas mal picolé.

— Je sais, Luke…

— Jim Harrison !

— OK, OK. Mais c'est exactement ce que je veux dire. Regarde-toi un peu. Respectable, bien rasé, sobre – et tu as tellement honte de toi que tu te fais appeler Jim Harrison. Regarde-moi. Soûl, débraillé, mais fier de moi ! Je m'appelle Carson Royce ! Tu vois la différence ?

— Oui, oui, les « fondamentaux ». Allez, bonsoir, bonne nuit. Retourne à ton hôtel. Je passerai te voir demain.

— Tu es bien trop prudent, Luke. C'est dommage.

— Peut-être.

Luke tapota l'épaule de Carson et, avec un dernier geste de mise en garde, il retourna à la table en se frayant un chemin parmi la foule.

Easley en était au stade où même Aiinea possédait des attraits. Il s'était engagé au point d'écouter ses remarques, en faisant de temps en temps une grimace amusée.

Luke se passa la langue sur les lèvres et afficha de nouveau son sourire aimable.

— Il commence à y avoir du monde, dit-il à Easley.

— Oui, c'est un asile de fous, acquiesça Easley. Et tous ces soldats… Ils s'attendent à une invasion ?

Luke fit signe à la serveuse, à qui il commanda un double scotch on the rocks pour Easley et une bouteille d'Hinano pour lui.

— Je ne vais pas demander la raison d'une telle largesse, dit Easley. Je préfère ne pas savoir. (Il leva son verre.) Tchin. Encore deux comme ça, et je vous récite un poème de Longfellow.

— Tchin. Quel poème avez-vous en tête ?

Mais Easley fut distrait par Aiinea, qui s'était mise à lui donner des petits coups de coude en gloussant.

Luke se tourna dans la direction qu'elle indiquait. Il vit Carson qui faisait le clown en dansant une sorte de gigue avec la monstrueuse Odette. Luke leva les yeux au plafond, puis il regarda Easley, qui manifestait un simple mépris amusé.

La musique s'arrêta. Avec une perversité diabolique, Odette amena Carson à la table.

— Assieds-toi, cow-boy, assieds-toi. Tu danses très fort, pauvre petit cow-boy soûl. Peut-être encore un verre, hein ?

— Oui, bien sûr. Encore un verre pour tout le monde. (Carson lança à la serveuse :) On a soif ! (Il se tourna vers Luke avec une affreuse grimace.) Qu'est-ce que tu prends, cow-boy ?

— Une bière, répondit Luke d'une voix étranglée.

— Tout le monde dépense son argent pour moi, s'émerveilla Easley. Scotch on the rocks, tant que le rêve continue.

— Un punch, fit Aiinea.

— Whisky coca, demanda Odette.

Carson les dévisagea tour à tour. Il agita le doigt vers Luke et Easley.

— Je vous reconnais, tous les deux. Capitaine Kangourou et Batman.

— Pas vraiment, dit Luke d'une voix tremblante, mais ça n'est pas loin. Je crois qu'on ferait mieux de partir. Ils ferment à minuit. Plus que dix minutes.

— C'est ridicule !

— Allez vous plaindre à la direction.

La musique reprit, pour le dernier *tamure* de la soirée. La haute silhouette du légionnaire allemand à la belle moustache blonde apparut à côté d'eux. Apparemment, il avait égaré Ellie et cherchait une remplaçante. Il s'adressa à Aiinea.

— *Voulez-vous danser, mademoiselle ?*

Aiinea sourit en se trémoussant sur sa chaise. Easley foudroya le soldat du regard.

— Va voir ailleurs si j'y suis, cochon de boche ! Allez, *heraus* !

L'Allemand haussa les sourcils.

— C'est à moi que vous parlez ?

Aiinea leva les mains avec inquiétude.

— Soyez gentils tous les deux. Asseyez-vous, on boit tous.

L'Allemand s'inclina avec raideur.

— *Alors, nous dansons, c'est mieux*, dit-il en jetant un bref coup d'œil glacial à Easley.

Il tendit la main à Aiinea. Easley se leva.

— Il se trouve que la dame est avec moi.

L'Allemand ne sembla pas l'entendre. Easley lui écarta la main, et le soldat le repoussa sur sa chaise, qui bascula en arrière. Easley se retrouva par terre.

Aiinea et Odette poussèrent un petit cri d'excitation. Carson éclata de rire. Easley se releva d'un bond et l'Allemand lui donna un coup de poing sur l'oreille. Easley recula, puis il s'avança avec un regard meurtrier, telle une créature menaçante… Avant qu'il n'ait pu frapper, les videurs arrivèrent. L'Allemand adopta une posture pleine d'innocence. Easley, jurant et se débattant, fut agrippé et entraîné vers la sortie.

L'Allemand hocha la tête d'un air approbateur. Il jeta un coup d'œil indifférent vers Luke et accompagna Aiinea jusqu'à la piste de danse. Odette s'empara de Carson et l'entraîna dans la foule, où ils disparurent. Luke attendit jusqu'à minuit, mais il ne le revit pas.

Le lendemain, quand il appela l'hôtel Tahiti, on lui dit que Carson n'était pas là.

CHAPITRE X

Assis à l'ombre de la grand-voile, Brady faisait semblant de dormir. C'était un après-midi chaud, et le vent était capricieux. De vastes cumulus s'amoncelaient en altitude.

La casquette inclinée sur le nez, Brady observait le jeu auquel Jane Wintersea et Kelsey se livraient avec Don Peppergold. Jane avait commencé à s'intéresser à Don, et du coup, Kelsey, jusqu'ici assez distante, devait déployer ses efforts. Cependant, aucune des deux jeunes femmes ne s'engageait trop ouvertement, de peur que Don ne manifeste une préférence pour l'autre. C'est ainsi que le malheureux était soumis à une campagne de ruses et de complots, de demi-sourires énigmatiques et de rebuffades qui le rendaient tout aussi perplexe. Brady jeta un coup d'œil vers Lia, assise sur un coussin et contemplant l'océan. À quoi pouvait-elle bien penser ? Il la vit froncer les sourcils, se mordiller la lèvre. Il savait que s'il lui posait la question, elle se contenterait de le regarder en ouvrant de grands yeux. Une phrase lui revint en tête, sortie de quelque coin sombre de son subconscient : « Une femme sans âme. » Brady fronça les sourcils, ajusta sa casquette et se releva. Il consulta sa montre et fut étonné que le temps ait passé si vite. En fait... Il jeta un coup d'œil aux voiles, à la mer, au sillage, au ciel. Il effectua un rapide calcul. Ma foi, autant le faire maintenant, songea-t-il.

Il appuya sur un bouton, et Hector, le steward philippin, apparut. Brady lui fit signe de la tête.

— Maintenant.

Hector redescendit, et réapparut un instant plus tard avec un plateau chargé de flûtes à champagne et d'un grand seau à glace dans lequel étaient plongées quatre bouteilles vert foncé.

Les bouchons sautèrent. Hector remplit les flûtes et les servit.

— Qu'est-ce qu'on fête ? demanda Don Peppergold.

Brady pointa vers l'arrière du bateau.

— Là-bas, dit-il, c'est l'hémisphère Nord. Et là, ajouta-t-il en pointant vers l'avant, c'est l'hémisphère Sud. En ce moment même, nous franchissons l'équateur.

CHAPITRE XI

À une heure de l'après-midi le mardi, une heure avant le départ, le *Rahiria* était une ruche bourdonnante.

Passagers, amis et parents étaient massés sur le pont, allant et venant sur la passerelle dans une profusion de couronnes de fleurs, de chemises et de paréos bariolés. Tous étaient très excités, certains étaient soûls. Luke monta à bord et s'arrêta un instant pour prendre ses repères. Le *Rahiria* faisait cent dix pieds de long, un solide vaisseau construit en Allemagne, dépourvu de fioritures, ignorant tout du vernis, avec des bois et des ponts couverts de cicatrices accumulées en quarante ans d'intempéries et de rudes secousses.

Il y avait deux écoutilles donnant accès à la cale, et deux roufs. Les écoutilles étaient placées à l'avant de chaque mât, et les roufs à l'arrière. L'un des roufs abritait l'équipage et la cambuse, l'autre comportait un salon, quatre petites cabines pour les passagers – à bâbord et à tribord –, et les cabines destinées au capitaine, au subrécargue et au mécanicien. Les voiles étaient faites d'une grosse toile écrue, la coque était d'un noir tacheté de rouille, les roufs grisâtres. Les écoutilles étaient maintenant chargées de passagers voyageant sur le pont, et de leurs innombrables bagages et baluchons.

Luke s'approcha d'un homme rondelet vêtu d'un short, d'une chemise bleu et blanc, et coiffé d'une casquette de marin. À première vue, il devait avoir des ancêtres polynésiens, portugais et chinois.

— Vous êtes le subrécargue ?

— *C'est ça !* C'est moi !

Luke lui tendit son billet et l'homme le conduisit à une cabine située à tribord. Elle contenait deux couchettes superposées, deux placards, un petit tabouret, un tapis gris rectangulaire. Le compagnon de cabine de Luke était assis sur la couchette du bas, un Chinois d'une cinquantaine d'années vêtu d'un complet noir luisant.

Luke et le Chinois se saluèrent en s'inclinant, sourirent, se serrèrent la main.

— Je m'appelle Jim Harrison, dit Luke.

— Je suis Ching Piao. Vous pouvez m'appeler Ching. Je dors en bas, OK ?

— Comme vous voudrez.

— Bien. J'ai le mal de mer beaucoup. Très mauvais.

— Très mauvais, en effet, acquiesça Luke.

Il faisait assez chaud dans la cabine. Luke ouvrit un hublot et se pencha pour regarder le quai. Il vit Ben Easley qui grimpait le long de la passerelle, un cigarillo noir entre les dents.

Luke sentit son estomac se crisper. Tout à coup, il hésita à se rendre sur le pont – était-ce qu'il avait peur ? Oui, c'était bien ça. Luke sourit, à la fois amusé et agacé par ses craintes. D'un pas décidé, il sortit de la cabine.

Easley, arrivé en haut de la passerelle, s'arrêta un instant au bastingage et balaya le pont du regard, infligeant à Luke l'insulte gratuite de ne pas le reconnaître. Il dit quelques mots au subrécargue, qui l'accompagna jusqu'à sa cabine.

Luke trouva qu'il avait l'air fébrile et préoccupé.

D'autres passagers se présentèrent – un couple âgé portant des tenues pratiquement identiques, en seersucker gris. Ils étaient maigres comme des clous, avec un teint rose pâle et des cheveux blond cendré. Ils se frayèrent un passage au milieu de la foule de Tahitiens avant d'escalader la passerelle, impassibles, légèrement amusés, comme des globe-trotters aguerris. Ils s'adressèrent au subrécargue. Luke saisit les consonnes précises et les voyelles allongées de la lointaine Angleterre. Avec un dernier regard vers les Tahitiens, le couple se rendit dans sa cabine.

Le passager suivant était un homme que Luke connaissait bien de vue et de réputation, un certain Rolf Clute, originaire de Norvège. Clute, un homme aux multiples entreprises, habitait à la limite de la commune de Mataiea, dans un *fare* qu'il avait construit de ses propres mains. Il avait épousé une Tahitienne qui lui avait donné une demi-douzaine de filles ravissantes. Luke l'avait entendu décrire – sans acrimonie – comme un gredin, un bon à rien et un ivrogne de Suédois – ce qui était une imprécision. Aujourd'hui, Rolf Clute était à jeun et bien habillé, avec un pantalon de toile beige, une chemise blanche élégamment déboutonnée à moitié, des chaussures à bout pointu marron. Luke espérait que Clute n'allait pas le reconnaître, sinon il était fichu…

Mais Rolf Clute se contenta de le saluer d'un petit geste aimable de la main avant de bavarder avec le subrécargue, avec qui il semblait en termes amicaux. Il se retourna un instant pour lancer quelques mots en tahitien à l'un des passagers du pont, puis il prit sa valise et se dirigea vers la partie bâbord du rouf.

Le moment de larguer les amarres approchait. Jamais Luke n'avait vu une telle agitation et une telle confusion. Un flot de passagers, d'amis et de parents montaient et descendaient la passerelle, chargés de sacs en papier, de cruches en grès, de régimes de bananes, de boîtes en carton, de guitares et de valises. Deux motocyclettes, une brouette et une cage remplie de poulets furent hissées à bord. Malgré les protestations du subrécargue, on installa un cochon dans le canot de sauvetage bâbord. Les adieux se firent fervents, les larmes coulèrent. Le pont était jonché de bouteilles d'Hinano vides. Ceux qui allaient partir croulaient sous le poids des colliers de fleurs. Tout le monde s'embrassait.

Un matelot prit position en haut de la passerelle, et le subrécargue s'avança en gesticulant, pressant les visiteurs de retourner à terre. Conformément à l'imprévisibilité de tout ce qui est tahitien, le *Rahiria* fut prêt à partir à l'heure prévue, et même un peu avant. Luke scrutait la jetée en priant le ciel que Carson ait tout oublié de son projet de voyager vers le nord. À bord du *Rahiria*, il ne pouvait qu'être une source d'embarras – même si, d'un autre côté, sa présence pourrait bien permettre de glaner de nouvelles informations sur Ben Easley. Mais dans l'ensemble, mieux valait que Carson ne se présente pas avant le départ.

Malheureusement, tel ne fut pas le cas. Carson apparut sur le quai, mettant péniblement un pied devant l'autre.

Luke secoua la tête avec dégoût et regarda son cousin d'un air désapprobateur. Carson était dans un état pitoyable. Ses vêtements étaient froissés, ses yeux étaient bordés de rouge, sa bouche pendait mollement. Il regarda les Tahitiens en fronçant les sourcils avant d'escalader lentement la passerelle, à moitié courbé. Arrivé en haut, il regarda le pont d'un air affolé, comme s'il était prêt à faire demi-tour et à débarquer immédiatement. À l'évidence, Carson souffrait d'une gueule de bois aux proportions titanesques.

Le subrécargue s'approcha. Carson exposa ses intentions en marmonnant. Le subrécargue lui répondit par un large sourire édenté typiquement tahitien et lui désigna l'écoutille n° 2. Carson ouvrit de grands yeux.

— Vous plaisantez ! Trouvez-moi un endroit où dormir !

— Les cabines toutes prises, mon garçon. Pas de chance. Dors sur le pont. Peut-être tu attraperas un poisson volant.

Carson jeta un regard indigné vers l'écoutille. Parmi les passagers, une fille en paréo noir et orange, d'une beauté innocente, semblait trouver très amusante la situation embarrassante de Carson, qui remarqua son large sourire ravi.

Carson hésita. Il se frotta la nuque en fronçant les sourcils, puis il enfonça les mains dans ses poches et sembla tenir une conversation avec lui-même. Peut-être interprétait-il ce sourire comme un signe d'admiration, peut-être était-il furieux au point de perdre toute prudence. Peut-être voulait-il embarquer sur le *Dorado*. Peut-être, se dit Luke, cherchait-il à fuir quelque chose, ou quelqu'un, à Papeete. Toujours est-il qu'il se détourna de la passerelle.

Son regard tomba sur Luke.

— Hé, L…

Il s'interrompit, ébahi par les gesticulations immédiates de Luke, qui s'avança vers lui.

— N'oublie pas ! Je m'appelle Jim Harrison !

Carson fit une grimace de dégoût.

— Pour l'amour du ciel… Tu n'as pas fini avec ces bêtises ?

— Pas encore. En fait… J'imagine que tu n'es pas prêt à recevoir un excellent conseil ?

— Ça fait des années que j'évite les conseils, mon vieux.

— Tu voyages sur le pont ?

— Oui, c'est ça. Où est le problème ?

— Pour commencer, la pluie. Beaucoup de pluie.

Carson haussa les épaules.

— J'irai dans ta cabine.

— Pas question. N'y pense même pas un seul instant.

— Les Tahitiens n'ont pas l'air inquiets – surtout la petite mignonne, là-bas.

— La nourriture n'est pas terrible non plus.

— Et alors ? Elle ne doit pas être pire qu'en cabine.

— Toujours est-il… mon conseil, c'est de rester à Tahiti.

Carson dévisagea Luke d'un air soupçonneux.

— Pourquoi ?

— Peu importe pourquoi.

— N'insiste pas. Je pars. Voyage sur le pont et tout.

Luke pinça les lèvres. Il s'y était mal pris. Pour s'assurer que Carson reste à Papeete, il aurait dû le supplier de faire le voyage sur le pont du *Rahiria*.

— Bon, d'accord. Tu veux bien me faire plaisir ?

— Ah ça, non.

— Je parle sérieusement. J'aimerais que tu te fasses appeler Bob Smith, quelque chose comme ça, jusqu'à ce que nous soyons sur le *Dorado*.

Carson le regarda fixement, complètement éberlué, puis il demanda sur le ton d'une personne saine d'esprit discutant avec un fou :

— Pourquoi diable devrais-je m'appeler Bob Smith ?

Luke regarda rapidement autour de lui.

— Je ne peux pas te donner de détails maintenant. Ce type, Easley, a essayé de me tuer.

— Allons, Luke, allons. On est au vingtième siècle.

— Qui dit le contraire ? Tu m'as demandé pourquoi, je te réponds.

Carson soupira.

— Easley a essayé de te tuer. Tu ripostes en te faisant appeler Jim Harrison. Ça me semble être une vengeance subtile. C'est peut-être moi qui suis stupide…

Une silhouette sombre apparut au coin du rouf. Luke s'éloigna aussitôt, au grand amusement de Carson. L'homme était Rolf Clute qui marchait en se déhanchant comme un gangster des années 30, sa masse de cheveux roux parsemée de gris brillant fièrement au soleil. Il vint s'accouder au bastingage entre Carson et Luke, et cracha par terre entre ses dents.

— Ma foi, dit-il, on devrait faire une bonne traversée. Bon vent, beau temps. Parfait.

— J'espère que vous avez raison, répondit Carson. Je ne suis pas d'humeur à vivre des catastrophes.

— Ne vous inquiétez pas ! déclara Rolf Clute. Il n'y a aucun souci à se faire. (Il pointa du doigt vers le quai.) Vous voyez cette vieille femme, en bas ? C'est son neveu avec elle. Il reste à bord. Elle lui a dit : « Vas-y, prends le *Rahiria* ! » C'est tout ce que j'ai besoin de savoir. C'est une sorcière, elle habite à Papeari.

La remarque éveilla la curiosité de Carson.

— Une sorcière ?

— Ouais. Cette grosse dame en robe verte, avec le visage bien gras.

La femme leva les yeux vers le *Rahiria*. Clute lui cria quelque chose en tahitien, et elle lui fit un petit signe amical de la main.

— Je m'entends bien avec elle, reprit Clute. Ce n'est pas une de ces mauvaises sorcières, sauf si on se met en travers de son chemin. Là, elle peut être *très* mauvaise.

— Qu'est-ce que vous voulez dire par « mauvaise » ? demanda Carson.

Clute se contenta de sourire en secouant la tête. Il jeta un regard en coin à Luke.

— J'ai l'impression de vous avoir déjà vu quelque part. Du côté de…

— Je m'appelle Jim Harrison, déclara Luke.

Carson ricana. Luke lui adressa un froncement de sourcils.

Comme frappé d'une idée soudaine, Clute redescendit la passerelle en courant, et revint quelques instants plus tard avec trois bouteilles d'Hinano. Il les décapsula et en tendit une à Carson, une autre à Luke.

— *Skoal.*

— *Skoal.* (La tête en arrière, Carson but une longue rasade. Les bulles vibraient contre le verre foncé étincelant au soleil. Il reprit son souffle.) Ahh !

Les bulles continuaient de monter dans la bouteille de Rolf Clute. Carson l'observa avec respect.

Rolf Clute abaissa enfin sa bouteille. Il s'essuya la bouche d'un revers de main et regarda Luke et Carson avec intérêt.

— Vous êtes tous les deux américains, hein ? J'ai deux filles aux États-Unis. Le type dans ma cabine est un Américain, lui aussi. Vous le connaissez ?

— Non, répondit Carson. Je ne connais personne. Même pas « Jim Harrison » ici présent.

— Le voilà qui arrive, dit Clute. (Il fit signe à Ben Easley.) Hé, par ici ! C'est quoi votre nom, déjà ?

— Ben Easley.

— Je vous présente – comment, déjà ?

— Jim Harrison.

— Je suis Carson Royce.

Un muscle sembla tressauter sur la joue d'Easley, dont le visage devint aussitôt extraordinairement inexpressif. Ou du moins, c'est ce qu'il sembla à Luke.

— Bienvenue à bord, dit Easley nonchalamment.

Luke se détourna, incapable de regarder Easley en face. Une chose était certaine – ou presque. Carson et Ben Easley ne se connaissaient pas.

Des profondeurs du bateau monta le boum-boum-chuff-chuff du moteur diesel. Une cloche sonna. Le subrécargue beugla des ordres et repoussa le reste des visiteurs à terre.

Sur le quai, les adieux atteignirent leur paroxysme d'émotion. On lança les derniers colliers de fleurs et on vida les dernières bouteilles. Le capitaine fit son apparition sur le pont, un Français très mince au teint gris, avec une moustache irrégulière poivre et sel. Il fit un brusque signe de la tête, et on commença à retirer la passerelle alors même que les derniers passagers se hâtaient de monter à bord. Les amarres furent larguées, et le *Rahiria* commença à s'éloigner lentement du quai. Il franchit la barre, les treuils cliquetèrent, on hissa les voiles et le vent les gonfla. Le diesel poussa un dernier rugissement avant de se taire. Le *Rahiria* se dirigea en silence vers le nord à travers les vagues bleues, laissant Moorea derrière lui et Tahiti, une masse de vert et d'or, sur son tribord.

Ses excès des derniers jours finirent par rattraper Carson, qui se mit à vomir. Clute le regarda en secouant la tête d'un air compatissant. Ben Easley s'écarta avec une moue de dégoût et finit par regagner sa cabine. Luke se dit que lui aussi avait peut-être un peu le mal de mer.

Sur le pont avant, on avait sorti les guitares. Des gens chantaient et bavardaient joyeusement. Rolf Clute alla les rejoindre.

C'est ainsi que passa cet après-midi ensoleillé. Derrière eux, Tahiti devint une masse grise qui finit par disparaître un peu avant le coucher du soleil.

C'est dans le salon qu'on servit le dîner aux passagers des cabines : ragoût de bœuf, riz, rondelles d'oignons crus à la vinaigrette, pain, vin rouge d'Algérie. Les passagers du pont formèrent une queue devant la cuisine, où ils furent servis sur de petites assiettes en étain. Carson, recroquevillé contre l'écoutille n° 1, ne fit pas honneur au repas, et Luke s'abstint de lui prodiguer des encouragements. C'est une expérience qui lui forgera le caractère, se dit-il.

Pendant le repas, Luke fit la connaissance des deux Anglais, Derek et Fiona Orsham, et de deux étudiants allemands qui complétaient la liste des passagers. Derek et Fiona menaient un dialogue délicieusement superficiel avec leur accent impeccablement britannique. « Le sel, mon chéri, si tu veux bien. » « Oh ! Vraiment navré. Bien sûr. Le voici ! » Et : « Puis-je essayer la sauce, mon chéri, je trouve la viande un peu lourde. » « Oh ! Naturellement ! Nous y voici, en avant toute ! »

Les Allemands ne parlaient pas l'anglais et très peu le français. Ils échangeaient quelques rares marmonnements et semblaient décidés à expédier leur repas le plus vite possible. Le compagnon de cabine de Luke, Ching Piao, fit une brève apparition, toujours vêtu de son costume noir. Il esquissa un pauvre sourire blême aux autres passagers, se servit un bol de riz avec de la sauce et quitta le salon, sans doute pour retourner dans sa cabine. Derek et Fiona s'en amusèrent.

— Eh bien, vraiment ! Est-ce que nos coutumes l'incommodent ?

— C'est l'Orient impénétrable, une chose à laquelle nous devons nous adapter.

— Oui, je sais, le crépuscule de l'Empire et tout ça.

Rolf Clute se servait largement de vin. Il entreprit de raconter le mariage de sa fille aînée avec un médecin de Seattle. Derek et Fiona haussaient légèrement les sourcils et murmuraient des « Vraiment ? »

et des « Comme c'est intéressant… ». Sans se démonter, Rolf Clute se versa un autre verre avant de parler du mariage de sa deuxième fille avec un riche agent immobilier de Las Vegas. « C'est merveilleux ! » et « Vous devez être très fier de vos filles ! » s'exclamèrent Derek et Fiona.

Luke prit une tasse de thé et s'excusa. Il se rendit sur le pont. Assis sur les lattes, Carson lui lança un regard accusateur.

— Quelle débâcle ! Pas de hamacs, pas de couchettes, rien de rien ! Où est-ce que je suis censé dormir ?

— Je crois que tu te choisis un endroit, c'est tout.

— Jamais je n'avais imaginé que ça serait comme ça, gémit Carson. Ce Chinetoque dans ta cabine, je me demande s'il accepterait de me vendre sa place. Qu'est-ce que tu as comme argent sur toi ? Je suis un peu à court.

— J'ai deux cents dollars, répondit Luke. Prends-les, si ça peut t'être utile, ce dont je doute fort.

Accoudé au bastingage avec la brise qui agitait ses cheveux, Rolf Clute éclata d'un rire tonitruant.

— Ce Chinetoque, comme vous dites, vous savez quoi ? Le bateau lui appartient.

Carson fit une moue dégoûtée. Son attention fut distraite par la jolie fille qu'il avait remarquée un peu plus tôt. Aussitôt, son humeur s'améliora. Il alla s'asseoir à côté d'elle et tenta d'engager la conversation. Le jeune Polynésien accroupi non loin d'elle se mit à grogner. Il se leva et s'éloigna.

Le crépuscule tombait, et l'océan devint indistinct. La lune se leva, traçant une sorte de traînée jaunâtre sur les flots. On entendait des accords de guitare, le son étouffé des chants polynésiens. Luke se détendit. Le voyage serait effectivement bien agréable s'il n'avait pas tous ces soucis, ces craintes et ces interrogations…

Comme pour confirmer ses réserves, Ben Easley émergea du rouf et hésita un instant avant d'aller s'asseoir à l'extrémité de l'écoutille.

— Hé, Luke, lança Carson, tu veux bien venir traduire pour moi ? Cette petite mignonne ne me prend pas au sérieux.

Luke fit la grimace.

— Heu… Clute ! Carson vous appelle !

— Hein ? Qui ça ?

— Carson aimerait que vous l'aidiez avec cette fille, expliqua Luke Easley semblait plongé dans ses pensées.

— Qu'il ne compte pas sur moi, dit Clute. Le type à côté d'elle, c'était Léon Teofu. Il sait se battre et il n'est pas commode. Je ne tiens pas à me fâcher avec lui.

— C'est sa petite amie ?

— C'est ce qu'il pense. Carson ferait bien de se méfier.

Derek et Fiona se joignirent au groupe, et l'air fut de nouveau empli de leurs échanges rapides.

— Quelle soirée enchanteresse.

— Jamais comme ça dans notre bon vieux pays.

— Ah, ciel, non.

— Où sommes-nous exactement, mon chéri ?

— Difficile à dire. Un peu au nord de Tahiti, j'imagine.

Fiona scruta l'horizon argenté.

— Rien en vue. Quelle est notre première escale ?

— Quelque part dans les Tuamotu, répondit Derek. Demande à M. Clute. Il est du genre à savoir ces choses.

— Je crois que nous commencerons par Kaukura, dit Rolf Clute. Ensuite Apataki, puis Arutua et Rangiroa. C'est là que je quitterai le bateau.

— Ah, vraiment ? fit Fiona. Vous n'êtes pas un touriste comme nous ?

— Oh, ça fait longtemps que je ne fais plus de tourisme, répondit Clute en riant. Je suis un homme d'affaires. J'ai une propriété sur Rangiroa, et je vais aller y jeter un coup d'œil.

— Comme c'est agréable.

— Oui, quand ils ne me volent pas mon coprah. Il y a des gens sacrément rapaces. J'emmène un garçon avec moi, pour surveiller à ma place. (Clute se pencha pour examiner le pont.) Tenez, c'est lui, là-bas, en chemise blanche, qui joue de la guitare.

Luke regarda.

— C'est le neveu de la sorcière.

— La « sorcière » ? répéta Fiona.

— Ai-je bien entendu ? demanda Derek.

Rolf Clute les regarda en coin, en se demandant si les Orsham le faisaient marcher. Mais non, ils étaient parfaitement sincères.

— Ouais, fit-il, c'était la grosse dame en robe verte assise sur le fût d'essence. Ça fait longtemps que je la connais. Elle m'a jeté un sort une fois, sur Rangiroa. Je lui ai dit que je savais très bien ce qu'elle faisait, et qu'elle avait intérêt à arrêter, ou sinon je lui trancherais la gorge. (Rolf Clute hocha la tête en repensant à l'épisode.) Elle a arrêté le sort, comme ça, d'un seul coup. On s'entend bien, maintenant. Elle sait que je n'ai pas peur d'elle. Pour ce genre de choses, je sais me débrouiller.

— Ma parole… fit doucement Derek en levant les yeux au ciel.

— Des sorcières ! s'exclama Fiona avec son petit rire essoufflé. On voyage pour connaître de nouvelles expériences, et maintenant, mon chéri, tu as rencontré une sorcière.

— Pas précisément « rencontré » ! Juste un contact des plus brefs. Nous n'avons même pas été présentés.

— Oh, vous savez, dit Clute, ce n'est pas une sorcière bien méchante. Il y en a quelques-unes sur les îles extérieures, on les appelle des *tahuas*. Quand elles sont furieuses contre un homme, elles lui jettent un sort vraiment puissant. Alors, l'homme va voir une autre *tahua* pour qu'elle retire le sort. Sinon, il meurt comme un chien enragé.

— Probablement une sorte de poison, dit Derek. J'imagine qu'on en trouve facilement, par ici ?

Clute ricana.

— Rien de plus simple. Autrefois, on préparait un plat de *hue-hue* – c'est le poisson-ballon –, ou on en extrayait le poison qu'on mélangeait avec du poisson comestible. Mais c'était juste pour les gens ordinaires. Les *tahuas* lancent des sorts, ou elles envoient des fantômes – des *tupaupaus*, comme elles disent.

— Des fantômes ? Allons donc ! Vous nous faites marcher !

Rolf Clute secoua la tête comme si ce qu'il savait était trop vaste pour être communiqué. Il jeta un coup d'œil vers l'écoutille n° 1.

— Allez là-bas et demandez Ari'aitere, ou criez simplement « Jono ». C'est son nom français.

— Jono ? fit Fiona d'un air dubitatif. Français ?

Rolf Clute poursuivit.

— Il appartient à une très ancienne famille. Demandez-lui de vous parler du *tupaupau* qui se promène derrière sa maison. Allez à Raiatea. Un Américain y avait fait construire sa maison sur le tombeau de la famille Vaitate. Il est mort, son fils est mort, son oncle est mort. La maison est vide. Asseyez-vous sur la véranda par une nuit de pleine lune. Vous verrez tous les fantômes que vous voudrez.

— Vous les avez vus, vous ?

— Oui, bien sûr. Des dizaines.

— Eh bien, ma foi !

— Il est difficile de douter d'un tel témoignage !

Ben Easley s'approcha et s'assit à côté de Rolf Clute.

— Ça devait être assez rude, dans ces temps anciens.

— Vous pouvez le dire. Il n'y a pas plus féroce que les Polynésiens, quand ils s'y mettent. Regardez-les en ce moment, ils rient, ils chantent… On dirait le peuple le plus doux de la terre. Mais attendez un peu qu'ils se mettent en colère. Là, ils deviennent complètement fous. (Rolf Clute fit un signe du pouce vers Carson, assis à côté de la jeune fille.) Il y a des chances pour qu'il ne se passe rien. Léon Teofu va bouder dans son coin, et puis il ira avec une autre fille. Sauf s'il boude un peu trop fort, et que la rage le prend. Alors là, Carson pourrait se faire tabasser, ou peut-être même se prendre un coup de couteau. C'est comme ça que ça se passe.

— Ah, mon Dieu… dit Fiona. Est-ce qu'on ne devrait pas le prévenir ?

Rolf Clute haussa les épaules.

— Je lui en toucherai deux mots. (Il se leva et s'étira, puis il laissa retomber ses bras contre ses hanches.) Il ne devrait pas avoir d'ennuis ce soir. Sauf s'il est vraiment très fort, plus que je ne le pense.

Il s'éloigna pour regagner sa cabine. Easley partit vers la proue, où l'on put voir sa silhouette se découper sur le foc. En bâillant, Derek et Fiona Orsham se levèrent à leur tour.

— L'heure de faire dodo.

— Mais c'est *si* merveilleux, ici !

— Oui, bien mieux que toute cette pacotille de Papeete.

— Je crois que je pourrais naviguer comme ça pour l'éternité.

— Oui, mais nous ne devons pas être goulus. Il y aura bien d'autres choses à voir demain.

— Bien sûr. Bonne nuit à tous.

— À tous, bonne nuit !

Les Orsham partirent. Ben Easley revint en longeant le bastingage de bâbord et passa derrière le rouf. Il retournait sans doute à sa cabine. Les deux Allemands s'étaient retirés une demi-heure plus tôt. Ching n'était pas dans les parages. De tous les passagers en cabine, Luke restait le seul sur le pont. Il devait être dans les onze heures.

Carson vint s'asseoir à côté de lui.

— Il y a deux points sur lesquels je voudrais insister, dit Luke. Le premier, c'est que tu ferais mieux de laisser tomber avec cette fille. Son petit ami est un gars sacrément coriace.

— Qui ça ? Léon ? Doux comme un agneau. Et puis, ce n'est pas son petit ami. Titi se moque bien de lui.

— « Titi » ? C'est comme ça qu'elle s'appelle ?

— C'est ce qu'elle m'a dit. Pourquoi mentirait-elle ?

— Il n'y a aucune raison. Comment échangez-vous vos petits secrets d'amour ?

— Elle parle français. Je l'ai étudié au lycée. C'est drôle comme ça revient vite. Je n'aurais jamais imaginé que ça me servirait un jour.

— Tu ne penses pas que Léon est dangereux ?

— Non, absolument pas.

— Clute dit que c'est un costaud, et qu'il peut être mauvais comme une teigne. Si j'étais toi, je n'insisterais pas.

— Eh bien, tu n'es pas moi. Si Léon me regarde de travers, je lui filerai une manchette de karaté. Bon, voilà pour le Point Numéro Un. C'est quoi, l'autre ?

— Méfie-toi d'Easley. Sois très prudent.

— Tu vis vraiment dans un monde bizarre ! D'abord Léon, et maintenant Easley.

Luke s'efforça de parler calmement.

— Je vais te dire exactement ce qui s'est passé. Tu pourras en tirer tes propres conclusions. (Il entreprit de raconter son aventure.) Le lendemain, j'ai rasé ma barbe et je suis devenu Jim Harrison. Évidemment, ça m'intéresserait de connaître la raison de toute cette affaire.

Carson semblait impressionné.

— Je suis d'accord qu'Easley est du genre sinistre. Mais pourquoi s'en prendrait-il à moi ?

— Je m'appelle Royce, tu t'appelles Royce.

— Tu ne l'avais jamais vu avant ?

— Jamais.

— Moi non plus. (Carson réfléchit un instant.) Ça me semble assez remarquable qu'il aille dans les Marquises en même temps que nous. Tu crois qu'il a l'intention de retrouver le *Dorado* ?

— Je n'en sais pas plus que toi. Qui y a-t-il exactement à bord du *Dorado* ?

La voix de Carson devint un peu plus animée.

— Pour commencer, il y a mon vieux et sa gamine d'épouse. Tu regardes les vieux films à la télé ?

— Je ne regarde même pas les nouveaux.

— Lia est comme Hedy Lamarr au sommet de sa beauté : cheveux noirs, teint pâle, expression mystérieuse, pas tout à fait aussi sexy. Elle est difficile à déchiffrer. Mais n'empêche, ce n'est rien à côté de sa sœur Jane, qui est vraiment incroyable. Elle joue de la flûte. Un soir, je lui ai tapoté les fesses, et je ne crois pas qu'elle ait compris où je voulais en venir. Elle m'a dit « Excusez-moi », et elle s'est écartée de mon passage. Il y a une autre mignonne à bord, qui est beaucoup plus mon type : une certaine Kelsey McLure qui a connu Lia au lycée. En fait, c'est elle qui l'a présentée à Brady. Et puis il y a un jeune cadre du nom de Don Peppergold, et les deux parents McLure. Voilà toute la troupe. Il y avait aussi un autre couple, les Crothers, qui étaient du voyage jusqu'à Honolulu, mais ils sont restés là-bas. En gros, c'est une bande tout à fait respectable. Tu ne te laisserais pas un peu emporter par ton imagination ?

— Pense ce que tu veux. Mais ne prends pas de risques jusqu'à ce que tu sois sur le *Dorado*.

— Bon, d'accord, mais je peux difficilement éviter d'être assassiné pendant mon sommeil. En parlant de sommeil, va me chercher un oreiller et des couvertures. Est-ce que tu as un pyjama de rechange ? J'imagine que tu ne veux pas te séparer de ton matelas ?

— Et dormir sur les ressorts ? Non, pas vraiment. Pourquoi n'as-tu pas pris un sac de couchage avec toi ?

Carson le toisa avec dédain.

— Je pensais avoir une cabine, naturellement.

— Je vais te donner une couverture, et peut-être un oreiller. Je vais voir ce que je peux faire.

Luke alla dans sa cabine. Sur la couchette du bas, Ching ronflait doucement. Luke retira une couverture de sa couchette, mais décida de ne pas prendre d'oreiller. Carson allait devoir se contenter de sa valise, ou de ses chaussures.

Chapitre XII

Le lendemain matin, un vent de sud-est assez vif se leva, venant de la zone située au-dessous de l'île de Pâques. Le *Rahiria* roulait et tanguait en filant à bonne allure. Les mâts et les charpentes grinçaient, craquaient et produisaient toutes sortes d'autres bruits moins définissables. Un de ces bruits, une sorte de gémissement lugubre et étouffé, avait presque des tonalités humaines. Luke, réveillé peu après l'aube par tout ce vacarme, observa un instant les oscillations du disque de lumière projeté à travers le hublot sur la cloison. Il finit par repérer l'origine de ce gémissement presque humain : il provenait de Ching, allongé sur la couchette du bas. La cabine sentait le vomi. Luke eut un haut-le-cœur. Il se dépêcha de sortir sur le pont pour respirer un peu d'air frais.

L'océan était parcouru de vagues écumantes bleu foncé. Luke aspira plusieurs goulées d'air et se sentit aussitôt beaucoup mieux.

Les passagers du pont étaient déjà en train de prendre leur petit déjeuner : café, pain et confiture. Carson lança à Luke un regard lourd de reproche, comme si tout cet inconfort était le résultat de sa négligence. Luke lui fit un petit geste amical et se rendit dans le salon, où Derek et Fiona mangeaient de bon appétit. Assis en face d'eux, Rolf Clute fumait une cigarette.

— Bonjour, dit Luke.

— Bonjour !

— Une bien rude journée qui s'annonce !

— Quel vent !

— Un simple alizé, dit Clute. Un temps excellent pour naviguer. Nous filons bien neuf nœuds. Peut-être même dix.

Ben Easley entra dans le salon, vêtu d'un short blanc et de sa chemise de sport noir et blanc. Il portait des lunettes de soleil. Il adressa un « Bonjour » réservé à la compagnie, puis il se versa une tasse de café. Luke l'examina discrètement. Étonnant comme un simple être humain pouvait générer une influence aussi sombre ! Luke jeta un coup d'œil aux autres passagers. Ressentaient-ils la même oppression ? Clute écrasa son mégot et leva sa tasse d'un geste un peu excessif. Derek disposa ses couverts impeccablement devant lui. La voix de Fiona s'éleva de façon presque imperceptible.

Derek se frotta les joues et se demanda s'il devrait se raser.

— Après tout, dit-il, nous sommes au beau milieu de l'océan.

— Allons, Derek, tu ne dois pas te relâcher. Que dirais-tu si je venais à table avec une affreuse broussaille au menton ?

— Tu as parfaitement raison, ma chérie – mais les dames ne sont pas des messieurs. Et comme disent les Français : « *Vive la différence !* » Ce qui traduit parfaitement mon sentiment.

— Les barbes sont d'une telle vulgarité, dit Fiona. Je ne peux tout simplement pas imaginer l'un de vous affublé d'une barbe, ajouta-t-elle en les dévisageant l'un après l'autre.

Luke s'excusa et sortit du salon. Il retourna à sa cabine où il se rasa avec soin.

Il ressortit et s'assit sur l'écoutille. Carson le rejoignit.

— En parlant d'Easley, dit-il, est-ce que tu as mené une petite enquête ?

Luke haussa les sourcils.

— Comme quoi, par exemple ?

— Oh, juste du travail de détective en général.

— Je ne vois pas ce que tu veux dire. Mais quoi qu'il en soit, je n'ai rien fait de particulier.

— Moi, je trouve que ce serait la première chose à faire.

— Peut-être... mais quoi, plus précisément ?

— Fouille ses bagages.

— À t'entendre, rien de plus simple, grommela Luke. D'autres idées ?

— Eh bien... tu pourrais lui dire que tu es Luke Royce. Lui exposer les faits. Observer sa réaction.

— Hmm. Et ensuite ?

Carson haussa les épaules.

— C'est un début. Tu m'as demandé des idées.

— Et c'est tout ce que tu as trouvé ?

— Et toi, répliqua sèchement Carson, tu as mieux à proposer ?

— Non, et c'est pour ça que je n'ai pas essayé de jouer au détective.

Dans l'après-midi, Rolf Clute sortit un paquet de cartes et entraîna Carson et Easley dans une partie de poker. Luke les regarda quelques minutes, puis il retourna s'asseoir sur l'écoutille.

Il était bien obligé de reconnaître que les recommandations de Carson n'étaient pas dénuées de bon sens.

Il fit une grimace. Il retourna au salon, jeta un coup d'œil aux joueurs… Personne ne faisait attention à lui. Il se rendit du côté bâbord du rouf, et là, il hésita. Il serait bien embarrassant d'être surpris en train de fouiller les affaires d'Easley ! Et pourtant, comme on dit, qui ne risque rien n'a rien… Les dents serrées, les mains moites, Luke ouvrit la porte et entra dans la cabine.

Une valise en cuir toute neuve était glissée sous la couchette inférieure. Elle appartenait manifestement à Easley. Luke la tira, examina un instant la serrure, et réussit à l'ouvrir.

Des vêtements, des chaussures, un nécessaire de rasage, une trousse remplie de médicaments et de lotions. Un flacon d'eau de Cologne. Pas de papiers, pas de lettres, pas de documents. Pas de passeport.

Luke se dépêcha de refermer la valise qu'il repoussa sous la couchette. Il sortit de la cabine juste au moment où Easley apparaissait à l'angle du rouf. Easley s'arrêta net.

— Vous étiez dans ma cabine ?

— C'est votre cabine ? bégaya Luke. Je croyais que c'était celle de quelqu'un d'autre. Je cherchais un oreiller – pour Carson.

— Tiens donc, un oreiller pour Carson ?

— Ma foi, il a embarqué sans oreiller. Pas même une couverture.

— Et vous vouliez l'aider… en récupérant des affaires sur mon lit ? C'est un peu bizarre.

— Quelqu'un m'a dit qu'il y avait de la literie de rechange.

Easley lança un regard sarcastique à Luke avant d'entrer dans sa cabine.

Luke retourna s'assoir sur l'écoutille, où Carson le rejoignit.

— Alors ? Qu'est-ce que tu as trouvé ?

— Ferme-la.

— La fermer ? Pourquoi ? Tu n'as pas fouillé ses affaires ?

— Il a failli me prendre la main dans le sac.

— Hou là ! Qu'est-ce que tu lui as dit ?

— J'ai dit que je cherchais un oreiller. Un oreiller pour toi.

Carson leva les mains en un geste horrifié.

— Ne me mêle pas à cette affaire ! Moi, je reste en dehors du jeu !

Luke contempla tristement l'océan. Au bout d'un moment, Carson demanda :

— Tu as trouvé quelque chose ?

— Rien d'intéressant. Easley prend des cachets. Il a absolument de tout, que ce soit de l'aspirine ou de l'oxyde de zinc.

— Ce sont des ordonnances ?

— Je n'ai pas vérifié. J'ai seulement vu une trousse pleine de médicaments.

— En regardant les étiquettes, tu aurais pu voir le nom du médecin, la ville où il habite.

— J'étais trop nerveux. À juste titre.

Carson poussa un grognement.

— La prochaine fois, tu devrais…

— La prochaine fois ? Qu'est-ce que tu racontes ? Ma carrière de détective est terminée. Toi, si tu veux, va chercher un oreiller dans sa cabine.

— Non, j'aime mieux pas.

Sur le pont avant, Titi vint s'accouder au bastingage. Elle lança un coup d'œil vers Carson, qui se leva aussitôt.

— C'est l'heure de ma leçon de français.

— Tu n'as pas pour deux sous de bon sens, Carson.

— Si j'avais pour deux sous de bon sens, je serais en ce moment sur le *Dorado*. Mais comme je suis un imbécile, autant en profiter au maximum.

Luke resta assis sur l'écoutille. Easley réapparut et resta une bonne minute à le regarder avant de retourner dans le salon. Un peu plus tard, Fiona ressortit. Elle jeta un coup d'œil furtif à Luke, puis elle entra dans sa cabine d'où elle ressortit avec son grand sac en cuir, qu'elle emporta dans le salon.

Ayant trouvé Titi de mauvaise humeur, Carson se rendit lui aussi dans le salon. Il finit par en ressortir et rejoignit Luke.

— Ils sont en train de parler d'escrocs qui gagnent leur vie sur des transatlantiques.

— Je ne suis pas près d'oublier ce voyage, dit Luke.

— De quoi te plains-tu ? Au moins, tu as un lit.

— J'ai aussi un Chinois qui dégueule…

D'un pas léger, Easley sortit du salon et s'arrêta un instant devant Luke, avec un petit sourire aux lèvres. Et puis, sans un mot, il poursuivit son chemin, laissant Luke plongé dans un mélange de rage et d'impuissance.

* * *

La journée passa, puis une autre : des heures de soleil, de nuages et de vent, d'eaux bleutées et de poissons volants, de musique, de chants et de discussions animées sous la lumière de la lune et des étoiles. Les Orsham traitaient Luke avec réserve. Ching faisait parfois une apparition sur le pont, le visage de la couleur d'un vieux journal, des pantoufles aux pieds, vêtu d'un pantalon noir et d'une chemise blanche. Après avoir été snobés par les Orsham, les étudiants allemands se tenaient à l'écart. Ben Easley ne s'intéressait qu'à Rolf Clute. Les deux hommes passaient des heures à discuter de choses étranges et inhabituelles. Luke tendait l'oreille quand l'occasion se présentait, mais Easley ne disait rien de lui ni de son passé. Rolf Clute racontait ses rencontres avec des requins, des murènes et des touristes excentriques. Il parlait de cannibales et de missionnaires, de naufrages et d'atolls isolés, d'oiseaux dotés de prescience et d'arbres sacrés. Il se livrait à des commentaires sur les Chinois et les Polynésiens, les Américains et les Français. Il discutait du prêtre fou de Mangaréva et du roi diabolique de Hana Hana. Il parlait de tabous, d'îles interdites, de lépreux, de poisons extraits de la mer, de l'oiseau upoa dont le cri prédisait la mort d'un membre de la famille royale tahitienne.

Ben Easley écoutait avec déférence, en fumant ses longs cigarillos et en hochant la tête d'un air grave.

Le matin du troisième jour, Rolf Clute pointa du doigt vers l'horizon.

— Niau.

— Où ça ? s'écria Fiona.

Derek scruta l'océan en plissant les yeux.

— Je ne vois rien.

— Il n'y a rien à voir, dit Clute avec son petit sourire rusé. Nous sommes encore à trente milles. Continuez de regarder.

Bientôt, une tache bleu-gris apparut au nord, qui se métamorphosa progressivement, par petits incréments de solidité et de détails, en une plage à l'ombre de cocotiers cent mètres derrière un petit récif. Le *Rahiria* longea l'île tandis que des enfants presque nus le suivaient en courant sur la plage. Enfin, sur la rive nord, un village apparut : un groupe de cases aux toits de chaume, quelques pontons s'avançant dans la mer. Le *Rahiria* s'approcha prudemment du récif en abattant les voiles. L'ancre plongea dans cinquante mètres d'une eau si claire qu'on pouvait distinguer les moindres détails du fond. Le bateau se balançait doucement dans le courant. Un canot à moteur venu du village s'en approcha, chargé de sacs de coprah et suivi d'une dizaine de pirogues à balancier, toutes également chargées à ras bord. Les embarcations s'engagèrent dans un chenal presque invisible pour franchir le récif, et vinrent se ranger le long du *Rahiria*.

Des caisses de marchandises et de provisions furent extraites de la soute, puis le coprah fut transféré à bord et stocké. On transborda les caisses sur le canot à moteur, ainsi qu'un sac postal.

Sans plus de cérémonies, les voiles furent hissées et l'ancre levée. Le *Rahiria* reprit le large, et Niau s'éloigna lentement.

— Une visite bien morne, commenta tristement Fiona. J'espérais une fête sur la plage.

— Il n'y a pas beaucoup de monde sur Niau, répondit Rolf Clute. Pas beaucoup de coprah non plus. Kaukura est devant nous. Regardez bien, on peut la voir. Nous mouillerons dans le lagon ce soir, et vous pourrez aller à terre. Mais pas de fête. C'est fini, tout ça, sauf si vous êtes prête à payer de votre poche.

Kaukura, un trait sombre presque imperceptible entre ciel et mer, devint bientôt une chaîne d'îlots, chacun surmonté d'un bouquet de palmes. En milieu d'après-midi, le *Rahiria* négocia prudemment un passage à travers le récif, puis s'approcha du village avec une vigie en haut du grand mât pour repérer les affleurements de coraux. Sur la plage, un ponton délabré s'avançait dans la mer. Le *Rahiria* y accosta et les matelots lancèrent des filins pour l'amarrer.

Le bateau ne devant repartir que le lendemain, les passagers furent libres de se rendre à terre.

Carson entraîna Titi à l'écart et lui parla avec animation. La jeune fille sourit en secouant la tête et partit avec sa famille.

Léon Tofu la suivit, après avoir lancé un regard noir à Carson.

— Au moins, dit Carson à Luke, elle n'a pas joué les indignées. C'est un point positif. Je garde bon espoir.

Luke poussa un grognement dégoûté.

— Comment peux-tu te bercer d'illusions comme ça ?

— L'océan est à tout le monde. Il ne tient qu'à elle de dire non.

— C'est exactement ce qu'elle vient de te dire.

— La façon dont elle l'a dit signifiait exactement le contraire. Cette fille est folle de moi !

— Léon Teofu commence à être très contrarié.

— Et après ? C'est juste un type qui tourne autour d'elle. Allons nous baigner. Hé, Clute, comment sont les requins, par ici ?

— Allez-y, vous pouvez nager. Il n'y a pas de requins dans le lagon de Kaukura. À Apataki, dans le même genre de lagon, les requins pullulent. Personne ne s'y baigne.

Fiona et Derek passèrent à côté d'eux, vêtus de shorts blancs avec des sandales et de grands chapeaux de paille. Fiona tenait son sac marron bien serré contre elle. Ils ne prêtèrent pas attention à Luke.

— Nous allons sur la plage, chercher des coquillages ! Venez avec nous, M. Clute, vous savez tant de choses !

— Non, non, fit Clute, désolé. Je dois discuter affaires avec un pêcheur de perles. Il me doit de l'argent. Je vais peut-être me faire rembourser en nature.

— Ah, c'est merveilleux !

— J'espère que vous trouverez une autre Reine des Perles !

Les Orsham s'éloignèrent.

Ching se rendit à l'épicerie chinoise et disparut dans la pénombre de l'arrière-boutique.

Les Allemands entreprirent consciencieusement de faire le tour de l'île.

Carson erra dans le village, espérant y retrouver Titi ou une personne aussi agréable.

Ben Easley s'acheta un paquet de Gauloises dans la boutique et s'installa sur un banc devant l'entrée.

Rolf Clute revint par le chemin qui serpentait au milieu des bananiers derrière le magasin. Il arborait une expression dépitée. Il s'assit à côté d'Easley et commença à lui expliquer ses difficultés avec volubilité. Puis il fit un signe discret et disparut dans la boutique. Il en ressortit avec deux petites bouteilles contenant un liquide non identifiable. Il en tendit une à Easley, qui goûta, examina le contenu d'un air intrigué, et but une deuxième rasade avec enthousiasme.

Luke s'éloigna sur la plage et parcourut cinq cents mètres avant de revenir par le chemin qui traversait le village. Là, il se tint à l'ombre d'un arbre à pain près du ponton. Easley et Clute étaient toujours assis sur le banc devant le magasin. Luke examina discrètement Easley. La familiarité qu'il avait à présent avec le personnage – si on pouvait qualifier ainsi le contact avec la sombre présence d'Easley – n'avait en rien dissipé l'aura macabre qui l'entourait.

Tandis que Luke le regardait, tremblant sous l'intensité de sa haine, Easley reposa sa bouteille et s'adressa à Rolf Clute, formulant une proposition, ou exprimant peut-être une demande.

Clute acquiesça, mais sans enthousiasme. Les deux hommes montèrent à bord du *Rahiria*, puis ils retournèrent à terre. Clute tenait un fusil-harpon, et Easley avait une serviette de bain sur l'épaule.

Ils entrèrent dans la boutique et en ressortirent avec deux masques de plongée et un autre fusil-harpon, loué ou emprunté. Ils s'éloignèrent ensuite par la route longeant le lagon.

Luke les regarda disparaître derrière un bosquet de manguiers. Après une légère hésitation, il décida de les suivre à distance.

Deux cents mètres plus loin, une bande de sable blanc descendait en pente douce dans la mer. Luke vit les deux hommes se préparer à se baigner. Easley avait enfilé un maillot de bain noir, tandis que Clute portait simplement un caleçon. Ils s'avancèrent dans l'eau jusqu'à la taille, ajustèrent leurs masques, armèrent leurs fusils et commencèrent à nager.

Luke continua d'avancer lentement sur la route. Caché derrière un bosquet de pandanus, il balaya la plage des yeux. Il était peu probable qu'Easley ait gardé son passeport sur lui. Il devait l'avoir laissé avec ses affaires, qu'il avait déposées sur la souche d'un cocotier abattu.

Luke attendit que les deux nageurs se soient éloignés au milieu du lagon, où ils allaient plonger parmi les bancs de corail. Aussi discrètement que possible, il s'approcha du tas de vêtements. Easley et Clute étaient à présent presque invisibles, deux petites taches noires. Ils plongeaient à tour de rôle. Luke saisit le pantalon d'Easley.

Pas de portefeuille, pas de passeport, pas d'argent. Luke regarda dans ses chaussures.

Rien.

Bizarre, songea-t-il. Easley avait-il laissé ses papiers sur le bateau ?

C'était peu vraisemblable.

Qu'est-ce qu'Easley pourrait faire de tels objets ? Les confier au capitaine, ou peut-être au Chinois de la boutique ?

Encore une fois, peu vraisemblable. Easley ne faisait confiance à personne.

Il avait forcément caché ses papiers. Luke examina la plage. Il souleva une feuille de cocotier, regarda sous le tronc.

Rien.

Easley avait déposé ses chaussures très soigneusement, très précisément. Luke les déplaça et fouilla dans le sable au-dessous.

Un portefeuille, un passeport.

Luke les prit et se retira sous le feuillage.

Il ouvrit le passeport. Ben Easley le regarda, les yeux écarquillés, comme en colère, la bouche grimaçante. Le nom indiqué sur le passeport était Benjamin Eiselhardt.

L'adresse était 2690 Cecily Street, Appartement E, San Francisco.

Le passeport était neuf, délivré à San Francisco le 10 juin. Il comportait un visa uniquement pour la Polynésie Française, accordé par le consulat français de San Francisco.

Luke examina le contenu du portefeuille. Sur le permis de conduire, le nom était Benjamin Eiselhardt, 1615 Golden Gate Avenue, San Francisco. Pas de cartes de crédit, pas de photos. Il y avait aussi douze billets de cent dollars, plusieurs milliers de francs polynésiens. Luke réfléchit un instant, avec un sourire amusé. Sa Vespa valait quelque chose comme trois cents francs. Sa main hésita au-dessus de l'argent. À regret, il la retira. Il n'aurait probablement jamais d'autre occasion d'obtenir un dédommagement de la part d'Easley, ou d'Eiselhardt, mais confisquer la somme de cette façon semblait indigne de lui.

Luke vérifia les autres petites pochettes. Il y trouva plusieurs cartes. La première portait la mention : « Chez Sard », avec l'adresse, 69 Homan Alley, et une colonne dorique noire dessinée sur le côté. Au dos était noté au crayon un numéro de téléphone : 659-6090.

La deuxième carte était celle d'une boîte de nuit, le Martinique, 619 Ellis Street, San Francisco, avec un dessin représentant un couple latino-américain dansant la samba.

Il y avait trois cartes d'agences de mannequins, toutes situées à San Francisco. Très probablement le métier d'Easley, songea Luke. Il ne pouvait l'imaginer travaillant de ses mains ou avec son cerveau de façon créative. Le seul autre objet était un reçu d'une teinturerie, *Romeo Clarens*, dans Gery Street, à San Francisco.

Luke siffla entre ses dents. Le caractère et l'environnement de Ben Easley, ainsi qu'il avait choisi de se faire appeler, étaient à présent un peu moins vagues. Mais cela étant, aucune révélation, aucune lumière. Mais que pouvait-il attendre de plus ?

Luke jeta un coup d'œil vers le lagon. Rolf Clute avait harponné un poisson. Easley et lui se tenaient sur un banc de corail tandis que Clute découpait sa prise avec son couteau.

Un moment plus tard, Clute rejeta le poisson à l'eau. Luke se demanda ce qu'ils trafiquaient. Un peu plus loin sur la plage, il aperçut Derek et Fiona revenant avec leur récolte de coquillages. Il se dépêcha de recopier les noms et les adresses avant de remettre les cartes dans le portefeuille, jeta un dernier coup d'œil au passeport et enterra le tout tel qu'il l'avait trouvé, puis il retourna au *Rahiria*.

Fiona et Derek n'étaient pas loin derrière lui. Ils étalèrent leurs trouvailles sur le pont.

— Pas grand-chose. Quelques jolis *Conus textile*.

— N'oublie pas mes ravissants petits cauris !

— Bien sûr que non, mon chéri. Regarde celui-là. C'est un casque orange, je crois bien.

Un peu plus tard, Rolf Clute revint. Il semblait particulièrement de bonne humeur. Il avait trouvé l'homme qui lui devait de l'argent, et ils avaient discuté de leurs affaires autour d'une bouteille. Clute regarda autour de lui.

— Où est ce type, Easley ? Il n'est pas encore rentré ? Quand je l'ai quitté, il creusait partout dans le sable, à la recherche de ses affaires.

Une demi-heure plus tard, Easley monta à bord, le visage crispé de rage. Il traversa le pont pour se planter devant Luke.

— Comment se fait-il que vous ayez déplacé mes chaussures ?

Luke le regarda avec un sentiment d'horreur. Il était trop orgueilleux pour mentir. Il chercha à gagner du temps.

— Pourquoi aurais-je touché à vos chaussures ?

— Pour la même raison que vous avez fouillé ma cabine !

Luke se contenta de le regarder en se demandant ce qu'il pourrait bien dire. Fiona avait entendu leur conversation.

— Vous avez dit « chaussures » ? Je les ai remontées sur la plage, pour les mettre à l'abri de la marée. Vous ne les avez pas retrouvées ?

Easley se retourna lentement. Luke respira profondément.

— Oui, je les ai trouvées, dit Easley d'une voix soigneusement maîtrisée. Merci. Merci beaucoup.

CHAPITRE XIII

Cinq degrés au-dessous de l'équateur, le *Dorado* fut fortement secoué par une série de grains. Un nuage, dense et noir comme une tache d'encre, apparaissait, les vagues au-dessous se mettaient à bouillonner d'écume, et le vent enveloppait le bateau en hurlant, généralement accompagné de bourrasques de pluie. Le barreur pointait aussitôt la proue dans le vent, tandis que l'équipage abattait la grand-voile et ferlait la misaine. Au bout de cinq à dix minutes, cette violence s'apaisait et l'atmosphère n'était plus agitée que par intermittence.

En cinq jours, le *Dorado* ne parcourut que deux cents milles, et encore, dans la mauvaise direction, c'est-à-dire vers le sud-ouest au lieu du sud-est. En une seule journée, six de ces grains firent bouillonner la surface de l'océan. Brady finit par ordonner qu'on abatte toutes les voiles sauf deux trinquettes pour assurer la stabilité, et qu'on démarre les moteurs diesel, à la grande satisfaction de ce vieux ronchon de Sarvis.

— Après tout, nous avons quinze cents chevaux qui sont là à ne rien faire. Ce serait de la folie de ne pas s'en servir. Et vos invités préféreront ça, en plus.

Ce à quoi Brady répondit avec agacement :

— C'est un voilier, nom d'un chien, pas un bar à cocktails. Les invités ont intérêt à accepter le pire comme le meilleur. Jusqu'ici, ç'a été du nanan.

Sarvis haussa les épaules et partit s'occuper des moteurs, ce qui sembla décourager les grains. Il n'y en eut plus que de relativement faibles.

Brady, avec son obstination coutumière, fit tourner les moteurs même par beau temps afin d'être sûr de reprendre le cap à l'est, même s'il souffrait à chaque instant de devoir recourir à ce mode de propulsion.

Il avait d'autres causes d'exaspération, chacune relativement mineure en soi, mais qui se combinaient pour engendrer un vague sentiment d'insatisfaction, et son humeur s'en ressentait. Lia était la source principale de son irritation. Il ne s'était pas attendu à des transports d'adoration de la part de sa jeune épouse (sauf peut-être au plus profond de son cœur), et il n'en avait eu aucun. Brady ne pouvait rien trouver à redire à ce que faisait Lia, mais ce qu'elle ne faisait pas laissait en lui un vide qu'il ne pouvait définir, et dont il ne pouvait raisonnablement pas se plaindre. Une question commençait à lui ronger l'esprit : au fond, n'avait-il pas commis une erreur ? Pas en se choisissant une épouse beaucoup plus jeune que lui, mais en choisissant Lia, une femme si réservée qu'elle semblait presque une étrangère.

Une étrangère ! Brady rumina le mot. Il n'était pas trop fort. Après deux mois de mariage, il n'en savait pas plus sur elle que le jour où il l'avait épousée.

Sa sœur Jane était une tout autre affaire. Brady en prenait chaque jour de plus en plus conscience. C'était une jeune femme assez anguleuse, avec une sorte de grâce étrange et un peu gauche, et un visage qui reflétait une centaine d'émotions subtiles. Jane n'avait pas le caractère égal de Lia. Elle était tantôt maussade, tantôt vexée, tantôt excitée, et parfois même carrément malicieuse. Être marié avec Jane serait sans doute moins décoratif, mais beaucoup plus amusant, songeait Brady.

Et d'une certaine façon, à certains signes, il s'était mis en tête qu'elle ne le trouvait pas totalement inintéressant… La tournure que prenaient ses pensées surprit Brady. Il s'arrêta net.

— Allez, mon vieux, se dit-il, arrête de ronchonner. Ça ne te va pas du tout. Tu vas te rendre ridicule !

Car pendant un long voyage sur l'océan, aucune humeur ni trait de caractère ne pouvait rester caché bien longtemps. Tout le monde était trop attentif. Dans ces conditions, la discrétion était non seulement une vertu, mais aussi un avantage. C'est en cela que Lia excellait, songea Brady, malgré son physique remarquable. Elle n'irritait personne, à part lui, peut-être. Le revers de cette qualité était une sorte d'opacité, ou, dans le cas de Lia (comme Brady préférait le croire), une distraction rêveuse qui recélait un certain charme. Kelsey et Jane adoptaient apparemment un point de vue moins charitable, et traitaient Lia avec une condescendance que Brady observait en grinçant des dents. C'était sans doute la raison de ses humeurs contemplatives !

Un après-midi, alors qu'il bavardait avec Jane, Brady amena la conversation sur Lia.

— Elle m'intrigue ! Quelquefois, je me dis que quelque chose la tracasse. Strictement entre nous, a-t-elle un problème ? Ou est-ce seulement mon imagination ?

Jane eut son petit rire habituel.

— Lia a toujours été d'humeur un peu morose, la chère enfant.

— Morose ? Mais pourquoi ? On n'est pas morose comme ça, sans raison !

— Je n'en ai aucune idée.

Comme Jane s'avérait incapable de l'éclairer, Brady alla voir Kelsey, lovée comme un chaton sur une chaise longue. Brady alla droit au but.

— Lia est maussade, et elle ne veut pas me dire pourquoi. Tu le sais, toi ?

Kelsey sourit.

— Vous posez d'étranges questions.

— Ah, donc, tu le sais.

— Je n'ai pas dit ça. De toute façon, même si je le savais, je serais forcée de le nier, et par conséquent, je le nie.

Brady n'était pas d'humeur à ce genre de petit jeu.

— Si elle avait un cancer, par exemple, ou si elle devenait aveugle, tu me le dirais ?

Comme Jane, Kelsey éclata de rire.

— Pas d'inquiétude là-dessus. Lia a une santé de fer. Si vous êtes inquiet, pourquoi ne pas lui poser directement la question ?

— C'est ce que j'ai fait. Elle se contente de me regarder d'un air bizarre.

Don Peppergold s'approcha.

— Qui veut participer au super grand sweepstake sur le moment précis où nous toucherons terre ? C'est l'événement le plus important de tout le voyage !

— Pas moi, répondit Kelsey. Je n'ai pas un sou.

Dans la compétition engagée avec Jane, cela faisait longtemps qu'elle avait gagné. Don était son esclave, et le souci principal de Kelsey était désormais de le maintenir à sa place.

— Un dollar seulement le ticket, dit Don qui entreprit d'expliquer les règles du jeu.

Brady se contenta d'écouter en regardant Kelsey doucher l'enthousiasme de Don. Le gros problème de ce garçon, songea-t-il, était son côté trop sain et naturel. Il était loin d'être un imbécile, mais il se comportait comme un homme qui boit du lait à table.

Kelsey se leva.

— J'ai quelques lettres à écrire. Excusez-moi.

Elle s'éclipsa. Don la regarda s'éloigner bouche bée.

— Une adorable petite peste, dit Brady sans acrimonie. Je plains l'homme qui l'épousera. Elle lui en fera voir de toutes les couleurs !

Don se passa les doigts dans ses cheveux en brosse et partit à la recherche de Jane. Brady se rendit dans sa cabine, où il trouva Lia étendue sur le lit, contemplant les reflets de l'eau au plafond.

Il s'assit à côté d'elle.

— Eh bien, ma douce, à quoi penses-tu ?

— À rien, en fait. Je me repose, c'est tout.

Brady manquait de tact. Il avait la désagréable habitude de réagir à tous les propos déraisonnables.

— Tu te « reposes » ? Mais bon sang, sur un bateau, il n'y a rien d'autre à faire que se reposer !

Il regretta aussitôt sa remarque, mais Lia se contenta de le regarder sans rien dire. Il allait s'excuser quand elle se redressa.

— Je suis désolée, Brady. Ce n'est pas que je sois sauvage, mais je pensais juste… eh bien, à des choses. Je me disais que tout était vraiment très agréable.

Brady fut touché. Il lui caressa les cheveux.

— Bien sûr, ma douce. Est-ce que quelqu'un t'embête ?

— Oh, non.

— Si tu as des ennuis – n'importe quel genre d'ennuis –, j'espère bien que tu m'en parleras.

Lia se leva et alla jeter un coup d'œil par le hublot.

— Je suis toujours émerveillée de voir à quel point l'eau est bleue.

CHAPITRE XIV

Le *Rahiria* quitta Kaukura à 8 heures le lendemain matin, au moment où la marée était étale et le courant dans la passe à son minimum.

À midi, le bateau entra dans le lagon bleu et vert d'Apataki. N'y trouvant aucune cargaison à charger, il repartit aussitôt pour Arutua, neuf milles à l'ouest, où il jeta l'ancre devant le village. Le transbordement des marchandises, à l'aide de quatre étranges embarcations faites de planches et de tôle ondulée, se déroula lentement, et il n'était pas encore terminé quand le crépuscule tomba. Le capitaine décida de passer la nuit à l'ancre.

Comme presque tous les soirs, le dîner consista en riz, corned-beef et bananes frites. Rolf Clute posa une bouteille de cognac sur la table.

— Demain, nous serons à Rangiroa. C'est là que je quitte le navire.

— Quel dommage ! s'écria Fiona. Vous allez nous manquer !

Derek s'exclama :

— Nous espérions que vous resteriez pendant tout le voyage ! Vous êtes une telle mine d'informations !

Rolf Clute secoua la tête.

— C'est impossible. Mais vous me reverrez. Je vais prendre le *Taporo* sur son chemin vers Papeete. Quand vous rentrerez, je demanderai à ma femme de vous préparer un vrai repas tahitien comme vous n'en verrez jamais dans les hôtels. Mes filles sont de bonnes danseuses. De très jolies filles.

— C'est formidable !

— Vous parlez sérieusement ?

— Je suis tout à fait sérieux !

— Ah, nous ne raterons ça pour rien au monde !

— Mais vous devez nous donner votre adresse exacte.

— C'est très simple : prenez la route jusqu'au magasin de Papeari, à 52 kilomètres. Demandez Clute. Ils me connaissent. Vous êtes tous invités !

— Oh, nous viendrons !

— Faites-nous confiance, quand il s'agit d'un bon repas !

Luke sortit sur le pont. La nuit était douce et sombre, avec des nuages qui cachaient la lune. Quelques lumières jaunes brillaient dans le village. Des chants et des airs de guitare flottaient à travers le lagon. Luke chercha Carson des yeux. Aucun signe de son cousin. Il s'avança au milieu des passagers du pont, puis à l'avant. Pas de Carson. Luke se frotta le menton d'un air pensif. Il alla jeter un coup d'œil dans les toilettes, dans le salon, et même dans sa cabine, où Carson venait parfois faire une sieste.

Aucune trace de Carson.

Luke retourna à l'avant. Titi n'était pas parmi les passagers.

Ah ha, songea-t-il. Le mystère était éclairci.

Il alla s'asseoir sur l'écoutille n° 2. Mais il se sentait mal à l'aise. Où exactement était Carson ? Luke se releva. Il répugnait à se mêler des affaires de son cousin, qui prendrait certainement mal la chose. Mais d'un autre côté… Il alla jeter un coup d'œil dans le canot de sauvetage bâbord, où il ne trouva que le cochon et une puanteur effroyable. Il fit de même avec le canot de l'autre côté, qui était vide.

La cabine du capitaine ? Les quartiers de l'équipage ? La soute ? En l'air ? Peu probable. En tout cas, certainement pas sur le toit du rouf avant. Celui du rouf arrière était plus discret.

Luke hésita. Carson pourrait s'indigner. Il escalada trois échelons, jeta un coup d'œil…

— Oups, désolé, fit-il en redescendant aussitôt sur le pont.

Il doutait que l'un ou l'autre l'ait entendu.

Luke se rendit à l'avant, où Léon était assis avec un ami, chacun avec une guitare. L'ami montrait à Léon les accords d'un air qu'il ne connaissait pas. Léon était absorbé et fronçait les sourcils en se concentrant sur la position de ses doigts, souriant de plaisir quand l'accord sonnait juste. Son ami et lui se mirent à chanter.

La chanson terminée, Léon regarda autour de lui. Il se tordit le cou en examinant le pont avec plus d'attention. Il posa sa guitare et se leva. Luke se demanda ce qu'il pourrait bien faire avant que la situation ne dégénère. Mais voilà que Titi apparut, avançant tranquillement sans un regard autour d'elle. Elle rejoignit sa mère qui était en train de dépiauter et manger des cacahuètes. Elle s'assit dans l'ombre et en grignota une.

Carson apparut à son tour, venant de derrière le rouf arrière, le visage inexpressif. Il lança un coup d'œil vers Léon avant de retourner s'asseoir sur l'écoutille n° 2.

Léon Teofu se rassit et marmonna quelque chose à son camarade. Celui-ci haussa les épaules et se remit à jouer de la guitare. Léon s'agita un instant, levant et baissant les coudes d'un air furieux, puis il tourna le dos à Carson.

Luke poussa un grand soupir de soulagement. Il alla s'asseoir à côté de Carson.

— Je t'ai cherché partout.

— Ah bon ? J'étais aux toilettes. Qu'est-ce qui se passe ?

— Clute quitte le bateau demain. Il y aura une couchette de libre.

Carson hocha la tête avec un petit air supérieur.

— L'affaire est déjà réglée.

— Je vois. Bon, c'est tout. À part…

— À part quoi ?

— Non, rien. Juste…

— Oui ?

— N'en parlons plus.

Luke se leva et retourna dans le salon. Dans son humeur actuelle, Carson ne pourrait que se montrer d'une condescendance insupportable s'il tentait de lui donner des conseils.

— J'espère que Teofu lui flanquera une bonne leçon, marmonna-t-il.

Dans le salon, le cognac de Rolf Clute commençait à faire son effet. Clute était en train d'expliquer comment capturer une tortue.

— Elles sont vieilles et sacrément malines ! Elles savent des choses que nous ignorons. Si on les embête, elles essaient de vous tuer. Pour ça, elles cherchent à vous attraper avec leur queue. Et ensuite, elles se laissent couler.

— Allons donc ! s'exclama Fiona en riant. Pas vraiment avec leur queue ?

— C'est la pure vérité, déclara Rolf Clute. Si elles vous attrapent avec leur queue, vous êtes mort. On s'assied sur la carapace, on lui agrippe bien le cou pour maintenir sa tête hors de l'eau, et on peut chevaucher la bonne vieille grand-mère pendant des milles.

— Vous avez déjà chevauché une tortue ? demanda Derek.

— Oui, bien sûr ! Quand j'étais jeune, mais maintenant, je suis trop vieux pour ça.

— Allons donc, fit Fiona. On n'est vieux que dans sa tête. Je vous ai vu faire de la pêche sous-marine hier, avec M. Easley.

— Ah, ma foi, ça, c'est différent, dit modestement Clute.

— J'ai toujours eu envie d'essayer, déclara Derek. Ce doit être merveilleux de nager au milieu des coraux. Quel dommage que vous partiez ! Je vous aurais demandé de m'initier.

— Ce n'est pas bien difficile, répondit Clute. Il suffit de ne pas mettre la main dans les trous. Une murène pourrait vous arracher les doigts, ou même la main tout entière.

Fiona poussa un petit gémissement.

— C'est vraiment désolant ! Au fond de la mer, tout ce qui est joli a un aspect caché qui est épouvantable ! Comme si les plus belles fleurs avaient un parfum empoisonné !

Clute haussa les épaules.

— Les choses sont ainsi. Nous sommes dans une partie du monde assez sauvage. Autrefois, c'était encore pire. Maintenant, il suffit de faire attention aux poissons-pierre, aux raies venimeuses, aux coquillages empoisonnés, aux *hue-hue*…

— N'oubliez pas les fantômes ! intervint Derek avec un sourire facétieux. Les *tupaupaus* !

Fiona se leva d'un bond.

— Si je vous écoute encore une seconde, je vais avoir des cauchemars. Je vais donc faire mes deux petits tours habituels sur le pont et ensuite, au dodo. Bonne nuit, tout le monde !

* * *

Rangiroa, le plus grand atoll des Tuamotu, était droit devant eux. La silhouette du récif était ponctuée de quelques étroits îlots boisés. Il y avait deux villages sur le rivage nord.

Dans le bruit des moteurs diesel, le *Rahiria* franchit une passe à travers la barrière de corail et traversa le lagon pour rejoindre une vieille jetée en béton. Un peu plus loin se trouvait le village d'Avatoru : une école de missionnaires et une église, un petit hôpital construit avec des blocs de corail, une épicerie chinoise, un bâtiment administratif délabré, quelques huttes de paille, le tout à l'ombre de flamboyants, de manguiers et de cocotiers.

Le *Rahiria* s'amarra à la jetée. Rolf Clute, rasé de près et brillant de talc, vêtu d'un pantalon de toile tout propre et d'une chemise neuve, serra la main de tout le monde.

— On se revoit à Tahiti ! Surtout, n'oubliez pas !

— Aucun risque ! s'écria Fiona.

— On y sera, lança Derek, prêts à faire la fête !

Rolf Clute descendit sur la passerelle de sa démarche chaloupée. À peu près la moitié des passagers du pont débarquèrent aussi, mais Titi et sa famille n'en faisaient pas partie. Léon Teofu non plus, à la grande déception de Luke.

Sur le quai, Rolf Clute leur lança une dernière recommandation :

— N'allez surtout pas nager dans le lagon ! Il y a des tas de requins, par ici !

Avec un dernier salut de la main, il s'éloigna vers le village.

On déchargea des marchandises et on embarqua du coprah. Avatoru, un groupement disparate de huttes de paille, avait peu de distractions à offrir à part l'épicerie et l'église. Les passagers restèrent près du bateau. En début d'après-midi, le *Rahiria* largua les amarres, s'écarta de la jetée et repartit par là d'où il était venu.

Tikehau, la dernière escale dans les Tuamotu, se trouvait à dix-huit milles à l'ouest. Une forte brise gonfla les voiles. La goélette roulait et tanguait en laissant derrière elle un beau sillage d'écume. Le soleil se couchait quand le bateau entra dans la passe menant au lagon, où il mouilla aussitôt l'ancre.

Sans Rolf Clute, le salon était calme et solennel, bien que Carson eût maintenant rejoint officiellement le groupe. Easley, qui n'était jamais très bavard, était devenu taciturne et renfermé. Quelle situation extraordinaire ! s'émerveilla Luke. En général, un assassin connaissait l'identité de sa victime, qui elle ne se doutait de rien. Ici, c'était l'inverse : l'assassin ignorait que sa victime l'observait de l'autre côté de la table, avec un frisson de dégoût.

Pendant la soirée, Titi resta avec sa mère qui la surveillait attentivement. Carson joua au gin rami avec les Orsham.

Le lendemain matin, le *Rahiria* leva l'ancre et traversa le lagon jusqu'au village de Hirua, où il n'y avait pas de ponton. Le coprah fut apporté sur une plate-forme posée entre deux canoës.

Le *Rahiria* ne partirait pas avant le début d'après-midi, quand les courants dans la passe seraient favorables. Les passagers se rendirent à terre à bord de pirogues, pour explorer l'île. D'après les indigènes, il n'y avait pas de risque de requins, et les Orsham allèrent se baigner, ainsi que les étudiants allemands. Ben Easley emprunta au subrécargue un fusil-harpon et un masque, et il partit seul, apparemment pour pêcher.

La matinée s'écoula, et un peu après midi, les passagers retournèrent à bord. Tous, sauf Easley. À une heure, le *Rahiria* partirait, qu'Easley soit là ou non. Luke emprunta les jumelles des Orsham et scruta le lagon. Il ne vit rien.

— Il a peut-être été dévoré par un requin, suggéra Derek Orsham d'une voix douce.

Luke se contenta d'un grognement et lui rendit les jumelles.

À une heure moins dix, Easley apparut le long de la plage. Sans se presser, il demanda à un jeune indigène de l'emmener au bateau, où il grimpa à l'échelle de coupée juste au moment où le capitaine ordonnait de lever l'ancre.

Le bateau regagna le large et mit le cap au nord-est, avec le vent sur son tribord, laissant les Tuamotu derrière lui. Devant, au-delà de six cents milles d'un océan désert, se trouvaient les îles Marquises.

CHAPITRE XV

L'aube allait se lever dans une heure. Debout sur le pont avec son sextant, Brady regardait le ciel prendre des couleurs. Les constellations ne s'étaient pas encore complètement effacées. Brady choisit ses étoiles et attendit que l'horizon se précise.

Le vent était calme et frais. Le *Dorado* se déplaçait en silence sur les eaux sombres. C'était le moment de la journée où Brady se sentait particulièrement en paix. Les invités, la famille, les amis… tout cela était très bien, certes, mais leurs petites particularités tendaient à lui porter sur les nerfs. Si, par quelque étrange coup du sort, il devait se retrouver de nouveau célibataire, il pourrait larguer tout ça pour mener une existence de voyageur solitaire. Il était peu probable que les événements prennent une telle tournure, et il ne le souhaitait pas vraiment non plus… Il se remit à penser à Jane Wintersea. Ces derniers jours, à plusieurs reprises, il avait remarqué qu'elle l'observait avec une attention presque fascinée, ce qui l'avait laissé perplexe. Était-ce à cause de son sex-appeal ? Hmmf… Il était grand temps qu'il fasse le point. Il entra dans la salle des cartes, déclencha son chronomètre et retourna sur le pont où il effectua une visée sur Achernar.

Une demi-heure plus tard, il reporta ses mesures sur la carte générale, l'examina un moment, puis il scruta l'horizon devant lui avec ses jumelles. Rien en vue. Il descendit au salon où Hector lui servit du café et du jus d'orange. Il fut bientôt rejoint par Malcolm McLure.

— 9 heures, dit Brady. Pour être plus précis, disons 8 h 45.

— Je regarderai attentivement.

À neuf heures moins dix, une légère ombre, presque imperceptible, apparut à l'horizon, au sud. Malcolm McLure fut le premier à la repérer, et il poussa un grand cri de joie :

— Nuku Hiva ! Droit devant ! Debout, tout le monde ! Nous allons débarquer aux Marquises !

— C'est ce que j'appelle une navigation précise, dit Brady.

— Un sacré coup de veine, oui, rétorqua McLure.

Un par un, les passagers vinrent admirer le spectacle, comme s'ils n'avaient jamais vu la terre de leur vie.

Les ombres s'élevèrent dans le ciel et devinrent une succession de promontoires grands comme des montagnes, s'échelonnant les uns derrière les autres dans la brume du lointain. À midi, le *Dorado* passa le cap Martin et poursuivit sa route le long de la côte sud tandis que McLure comparait la carte avec le paysage.

— Vous voyez cette corniche, battue par les vagues ? On l'appelle Teohote Kea… Ah, regardez là-bas ! C'est la baie du Contrôleur. Et là, devant nous, les rochers des Sentinelles. Nous allons passer entre les deux pour entrer dans la baie de Taio Hae, notre port d'accès.

La pavillon de quarantaine hissé, le *Dorado* glissa entre les rochers pour atteindre l'abri de la baie. Tout autour se dressaient les pics et les incroyables flèches de Nuku Hiva.

On abattit les voiles et le *Dorado* ralentit. L'ancre plongea dans l'eau claire et fraîche. Pour la première fois depuis le départ d'Honolulu, la goélette était parfaitement immobile.

Dix minutes plus tard, une vedette arriva avec à son bord des officiels du port. Ceux-ci jetèrent un rapide coup d'œil aux passeports et au journal de bord, et sans autres formalités, accordèrent l'autorisation de mouillage.

* * *

À Tikehau, on avait embarqué des provisions d'alcool de coco. Le premier soir, sur le pont, les passagers devinrent extrêmement gais. Les guitares projetaient une intense émotion. Il y avait des rires, des chants, des claquements de mains, le *tamure*…

Les passagers du salon vinrent se mêler à la fête, en apportant ce qu'ils avaient sous la main : une bouteille de scotch pour les Orsham, une cruche de vin rouge pour les Allemands. Luke, Carson et Easley avaient de l'Hinano achetée au subrécargue.

Carson s'approcha de Titi, qui fit mine de l'ignorer. Léon Teofu, les yeux rougis par l'abus d'alcool, n'était pas disposé à l'imiter, et il se leva en titubant. Luke reconnut les signes avant-coureurs de la fureur polynésienne. Il prit aussitôt Carson par le bras et l'entraîna à l'écart.

— Qu'est-ce qui te prend ? demanda Carson avec indignation. Je ne faisais rien de mal.

— Léon trouvait que si.

Carson poussa un grognement.

— Bah, fit-il. Je sais très bien me débrouiller tout seul. Tu me prends pour un imbécile ?

— Oui, tu le sais bien. Écoute mon conseil, et laisse cette fille tranquille.

— Je ne vois vraiment pas où est le problème. Elle ne fait pas d'objections, sa mère ne fait pas d'objections – enfin, pas beaucoup. Et moi, je ne fais aucune objection.

— Mais Léon en fait, lui. Tu as l'intention d'épouser cette fille ?

— Dieu m'en préserve.

— Léon en a peut-être l'intention. Pour l'amour du ciel, contrôle-toi un peu. Tu ne peux pas séduire toutes les filles que tu rencontres.

— Jusqu'ici, ça a assez bien marché, grommela Carson. Et maintenant, si tu veux bien m'excuser…

Luke leva les mains.

— C'est fini, je ne dis plus rien. Débrouille-toi tout seul. Si tu y perds deux ou trois dents, ne compte pas sur moi pour te plaindre.

— Ne t'inquiète pas, marmonna Carson en s'éloignant.

Mais pendant le reste de la soirée, il resta à bouder seul au bord de l'écoutille, aussi discret que Luke pouvait le souhaiter – au point même que Titi commença à lui lancer des regards langoureux.

L'alcool finit par s'épuiser et les joyeux fêtards commencèrent à s'endormir. La musique se réduisit à quelques accords plaintifs et de simples notes vibrantes. Les Orsham souhaitèrent une bonne nuit à tout le monde et retournèrent dans leur cabine avec leur bouteille de whisky, suivis par les Allemands et Ben Easley.

Luke se leva et jeta un coup d'œil lourd de signification à Carson, qui se leva à son tour de mauvaise grâce pour regagner sa cabine à l'arrière.

Pendant la nuit, Ching fit un cauchemar et se redressa en criant en chinois.

Luke se pencha sur sa couchette.

— Ching ! Réveillez-vous ! Hé, Ching !

Les cris de Ching se terminèrent en un gémissement de terreur, puis il se rallongea en respirant bruyamment.

— Ching ! Ça va ?

Dans un demi-sommeil, Ching répondit par un grognement indistinct. Un peu rassuré, Luke se recoucha et se prépara à dormir en s'adaptant au lent balancement du bateau.

* * *

Au petit déjeuner, Carson avait bien peu à dire. Il s'enferma dans un silence maussade devant son café et son pain. Luke comprit que Carson supportait mal les restrictions que Léon Teofu et lui avaient imposées à sa vie amoureuse.

Il le laissa mijoter dans son jus et sortit sur le pont avec un livre emprunté aux Orsham.

Dix minutes plus tard, Carson sortit à son tour. Il resta un moment accoudé au bastingage, à contempler les vagues d'un air sombre, puis il fit demi-tour et s'avança d'un air décidé.

Allongée à plat ventre sur l'écoutille avant, Titi se dorait au soleil. Sa chevelure était étalée sur un côté de sa nuque, et elle portait une robe de coton délavé qui couvrait ses jambes brunes jusqu'au genou.

Carson s'assit à côté d'elle et regarda tristement la mer. Maintenant qu'il était là, qu'il avait défié Luke et Léon Teofu, il ne voyait pas ce qu'il pouvait accomplir de plus.

Les paupières à moitié fermées, Titi le regarda, plongée dans ses propres pensées qui n'étaient guère profondes. Carson lui plaisait bien. Mais Léon n'était pas mal non plus, à sa façon.

Carson entama une conversation dans un français hésitant. Léon Teofu, qui jouait aux cartes avec trois de ses copains, observait la situation d'un œil attentif. Un de ses camarades fit une plaisanterie. Léon fronça les sourcils et ricana. Puis il rit de façon plus détendue, avant de froncer de nouveau les sourcils. Léon Teofu examinait la situation sous tous les angles.

Pour l'instant, il décida de continuer de jouer aux cartes.

Easley apparut sur le pont, regarda brièvement autour de lui, et se rendit à l'arrière où il s'affala sur une chaise longue.

Titi se redressa sur les coudes en battant des jambes en l'air. Elle commença à s'intéresser à la conversation, en riant aux plaisanteries de Carson.

Celui-ci jeta un coup d'œil derrière lui, réfléchit un instant en se passant la langue sur les lèvres. Finalement, il se tourna vers Titi à qui il murmura quelque chose. La jeune fille secoua énergiquement la tête.

Carson dit encore quelques mots. La réponse de Titi fut moins véhémente, et fut suivie d'un rapide coup d'œil vers sa mère.

Carson ajouta quelques mots, puis il se leva et, d'une démarche nonchalante, il retourna à sa cabine, où il attendit. Les minutes s'écoulèrent. Était-ce une dispute sur le pont ? Il tendit l'oreille, mais il n'entendit plus rien. Sans doute simplement les craquements du vieux navire.

Un léger bruit de pas dehors. On frappa à la porte. Carson l'ouvrit toute grande.

Fatale erreur. C'est Léon Teofu qu'il vit devant lui, et non Titi.

Léon donna un coup de poing au visage de Carson, qui recula dans la cabine. Léon se mit à l'abreuver d'insultes en tahitien, en brandissant le poing.

Fou de rage, Carson voulut se jeter sur lui, mais Léon Teofu s'était déjà éloigné. Carson s'essuya la bouche d'un revers de main et s'élança à sa poursuite. Léon se retourna. Carson se précipita en faisant des moulinets avec les poings. Léon sourit et lui décocha un direct du gauche. Carson recula en titubant, mais il se lança de nouveau à l'attaque. Il réussit à toucher Léon une ou deux fois. En reculant, celui-ci se prit les pieds dans un cordage et tomba à la renverse. Tel un dieu triomphant, Carson se dressa au-dessus de lui et s'écria :

— Voila, ça t'apprendra ! Et si tu en veux encore, j'en ai plein comme ça en réserve !

Léon Teofu se releva péniblement, mais avant qu'il n'ait pu réagir, le capitaine apparut et lui ordonna sèchement de reculer. Puis il se tourna vers Carson à qui il débita une tirade en français, tout en lui agitant un doigt sous le nez.

Carson retourna s'asseoir sur l'écoutille. Léon Teofu s'engagea dans une conversation animée avec ses amis, en lançant de temps en temps un regard furieux vers Carson, qui le lui rendait bien.

Installé sur une chaise longue avec son livre, Luke avait feint de ne rien remarquer.

L'après-midi s'écoula. Le dîner fut comme d'habitude : corned-beef, riz et patates douces, le tout agrémenté d'une daurade grillée que le subrécargue avait pêchée à la traîne.

Ce soir-là, on ne joua pas de la guitare sur le pont. Le ciel était couvert et les passagers du pont craignaient qu'il ne pleuve. Jusqu'ici, ils n'avaient eu à subir que deux ou trois courtes averses. L'atmosphère était lourde et humide. À l'ouest, des éclairs crépitaient à l'horizon.

Mais il ne plut pas. Un à un, les passagers du pont se glissèrent dans leurs sacs de couchage.

Les Orsham et Luke restèrent dans le salon jusque vers minuit, en sirotant le scotch des Orsham à la lueur de la lampe à kérosène.

Tous finirent par aller se coucher. Il y avait peu de vent, de simples petites bourrasques humides qui permettaient à peine à la goélette d'avancer.

* * *

Luke fut réveillé par un bruit. Il écouta. Qu'avait-il entendu ? Il n'arrivait pas à s'en souvenir.

Il se redressa sur un coude et tendit l'oreille, le cœur battant comme s'il était un petit garçon se réveillant d'un cauchemar.

Le silence, à part le bruit des vagues et le soupir du vent. Il entendait la respiration de Ching dans la couchette du bas.

Une porte se ferma.

Luke resta éveillé dans le noir, en se demandant pourquoi il éprouvait un tel sentiment de terreur.

Le bateau continua de monter et descendre sur des collines et des vallées invisibles. Luke replongea dans un sommeil agité.

* * *

Au petit déjeuner, le premier à se présenter dans le salon fut Ching, puis les Orsham, Luke et les Allemands.

Ben Easley arriva beaucoup plus tard. Fiona fit remarquer que Carson et lui étaient des paresseux, et qu'ils mériteraient de ne pas avoir de petit déjeuner.

Easley éclata de rire. Il semblait d'excellente humeur.

— Moi, oui, mais pas Carson. Ça fait des heures qu'il est debout.

— Ha ha ! Il doit être sur le pont, à rêver à cette petite dévergondée – si on peut qualifier ainsi les Polynésiens indisciplinés.

Mais Carson n'était pas sur le pont. En fait, il n'était nulle part à bord du *Rahiria*.

Carson n'était plus là.

— Quand un homme disparaît d'un bateau, dit Derek, il y a un seul endroit où il a pu aller.

* * *

Le capitaine, en proférant une bordée de jurons, ordonna que le *Rahiria* rebrousse chemin. Il plaça un homme en haut du grand mât et un autre à la proue, tandis que lui-même se tenait sur le rouf avant avec une paire de jumelles. À l'évidence, cette recherche était sans espoir : au milieu de ces grosses vagues qui s'étendaient jusqu'à l'horizon, comment pourrait-on voir un objet aussi petit qu'un homme essayant de surnager ?

Mais on procéda quand même aux recherches.

Toute la matinée, le *Rahiria* retraça son chemin tandis que les passagers, accoudés au bastingage, scrutaient le moindre creux des vagues.

À midi, le capitaine eut un haussement d'épaules fataliste et ordonna que le bateau reprenne son cap. Tout le monde lui lança un regard de reproche, même si tous savaient bien qu'il n'avait aucun remède à la situation.

Titi sanglotait au côté de sa mère qui tentait de la consoler. Léon Teofu était assis à l'écart, le teint gris, conscient des regards furtifs que lui lançaient les autres passagers.

Tous les passagers sauf Luke, qui observait Ben Easley. Celui-ci était confortablement installé sur une chaise longue. Il portait une chemise et un short blancs, et des lunettes de soleil. Il tenait un long cigarillo dont il tirait de temps en temps une bouffée qu'il relâchait en une mince volute de fumée que le vent emportait aussitôt.

Luke trouvait insupportable de le regarder, tant la rage lui montait à la gorge et l'étouffait. Il n'aurait jamais cru possible de haïr quelqu'un comme il haïssait Ben Easley.

D'abord Luke Royce, ensuite Carson Royce. Et Ben Easley était en route pour rejoindre le *Dorado*, sur lequel naviguait Brady Royce.

Tout cela était très significatif. D'abord Luke et Carson, puis Brady, et il ne resterait plus aucun Royce pour administrer le Fonds Golconda.

Lia Wintersea Royce serait nommée administratrice.

Du point de vue de Ben Easley, la situation évoluait bien. Deux tiers de sa tâche étaient accomplis. L'apparition de Carson à Papeete, sa présence à bord du *Rahiria*, ses difficultés avec Léon Teofu, tout cela avait dû lui sembler des cadeaux prodigués par un dieu bienveillant, quoique sanguinaire.

Il n'y avait qu'une faille dans ce plan, une faille fatale. Tôt ou tard, Ben Easley devrait affronter une terrible réalité : finalement, il n'avait pas tué Luke Royce.

Et une fois que Luke aurait pu en toucher deux mots à Brady, le plan tout entier s'évanouirait en fumée.

Luke pensa à un autre aspect des choses. Si Brady mourait, ce serait lui, Luke, qui deviendrait administrateur, seigneur de Golconda, maître du *Dorado*, avec une fortune illimitée à sa disposition… Il sourit, d'un petit sourire froid. Il se sentait sali par cette idée, mais cependant, pourquoi se sentirait-il coupable ? Cette pensée occupait son esprit.

* * *

Léon Teofu était l'objet de tous les soupçons. Après en avoir longuement discuté avec le subrécargue, le capitaine convoqua Titi dans sa cabine, puis Ben Easley. Il les interrogea : Titi avait-elle vu Carson pendant la nuit ? Avait-elle observé quelqu'un parmi les passagers du pont, en particulier Léon Teofu, qui se soit rendu à l'arrière ?

Titi avait dormi d'un profond sommeil. Elle n'avait rien vu, rien entendu.

Ben Easley dit la même chose. Il était allé dans sa cabine et il s'était endormi. Au matin, la couchette supérieure était vide. Il n'en savait pas plus.

Pas de bruits, pas de cris, pas de bagarre ?

Easley ne put être d'aucune aide.

Les autres passagers furent interrogés à leur tour. Tous déclarèrent qu'ils n'avaient rien vu ni rien entendu.

Léon Teofu se lança dans une furieuse tirade. Il savait que tout le monde le soupçonnait d'un acte ignoble, mais il était innocent ! Il n'était pas un homme de la nuit. Il allait voir ses ennemis en plein jour pour les affronter face à face ! Si quelqu'un disait le contraire, que le calomniateur prenne garde !

Le capitaine haussa les épaules.

— *Eh bien*, conclut-il, nous allons confier l'affaire aux autorités. Elles sauront comment procéder.

Le *Rahiria* allait se rendre directement à la baie de Taio Hae, sur Nuku Hiva, au lieu de faire escale à Hiva Oa comme le prévoyait son programme initial.

Chapitre XVI

Le vent faiblit jusqu'à n'être plus qu'un murmure. Dans le ciel flottaient de lourds nuages gris et noirs, qui annonçaient d'habitude des pluies violentes. Mais l'atmosphère était presque immobile, comme si les éléments retenaient leur souffle. Étant donné les circonstances à bord du *Rahiria*, l'effet produit était sinistre.

Luke se demanda si Easley éprouvait ce sentiment d'oppression. Il n'en donnait en tout cas aucun signe. Installé sur sa chaise longue, il fumait tranquillement un cigarillo. Quand il regardait l'arrière du bateau, que voyait-il ?

Le déjeuner fut un peu tardif. Les Orsham touchèrent à peine à leur assiette. Luke mangea une banane et but deux tasses de thé. Easley déjeuna comme à son habitude, avec parfois une pause pensive. Luke était incapable de le regarder. Easley, généralement indifférent, semblait avoir décelé l'émotion de Luke et lui jetait de temps en temps un coup d'œil perplexe.

Il doit se demander si je sais quelque chose que personne d'autre ne sait, songea Luke. Il se demande ce que je peux avoir vu ou entendu. Il repense aux événements, en essayant de déterminer ce que ça pourrait bien être.

Easley poussa un petit soupir et continua de manger.

***

Le samedi matin, les pics noirs de Nuku Hiva apparurent à l'horizon. En milieu de matinée, le *Rahiria* entra dans la baie de Taio Hae.

À l'aide des jumelles empruntées aux Orsham, Luke balaya l'étendue des flots sombres. Quatre yachts étaient à l'ancre. Aucun n'était le *Dorado*.

Il reposa les jumelles. Le *Dorado* était certainement arrivé aux Marquises. Il était normal que Brady préfère ne pas mouiller à Taio Hae, le port le plus fréquenté de toutes les îles. Il chercherait certainement une crique isolée, au pied des grands massifs noirs, près d'une des célèbres cataractes des Marquises.

Une lettre ou un message devaient sans doute attendre Luke, avec des instructions pour rejoindre le bateau.

L'eau de la baie était comme un miroir vert foncé. Le *Rahiria* atteignit la jetée à l'entrée de la baie sans presque faire de rides. On abattit les voiles et on lança des filins pour amarrer la goélette au ponton.

— Tout le monde doit rester à bord, dit le capitaine. Je vais consulter les autorités.

* * *

Le commissaire du port et le commandant de la gendarmerie montèrent à bord avec le capitaine. Le commissaire était un Français rondelet avec une petite moustache grise. Le commandant était un Marquisien aux cheveux blancs, un colosse au visage taillé dans le teck. Ils s'enfermèrent avec le capitaine pendant vingt minutes, puis ils firent venir les passagers à tour de rôle. Ching Piao fut le premier. Il fut congédié presque aussitôt et il se rendit à terre. Ce fut ensuite au tour des deux Allemands, qui furent également autorisés à débarquer. Easley fut le suivant. Luke faisait les cent pas en se demandant ce qu'Easley allait bien pouvoir dire, mais il était surtout préoccupé par le dilemme dans lequel il se trouvait. Était-il « Jim Harrison », ou bien « Luke Royce ». Dans un cas comme dans l'autre, il allait devoir faire face à une situation embarrassante.

Il réfléchit. « Easley » – en fait, Benjamin Eiselhardt – avait le même genre de problème. Mais celui-ci sortit de la cabine apparemment très à l'aise. Luke détourna aussitôt les yeux. Easley descendit à terre.

Ce fut ensuite au tour des Orsham d'être questionnés, d'abord Fiona, puis Derek. Enfin, Luke fut convoqué dans la cabine. Le commissaire semblait avoir chaud. Son costume était froissé, et il avait l'air dégoûté de toute cette procédure. Le commandant était assis sur le côté, solide comme un roc. Son regard se fixa sur le visage de Luke et il ne le quitta plus des yeux, ce qui produisait un effet un peu déconcertant.

Le dilemme de Luke fut aussitôt résolu.

— Votre passeport, s'il vous plaît.

Luke poussa un soupir et tendit le document.

— Hmm… Luke Royce, fit le commissaire en haussant les sourcils. Vous êtes apparenté au disparu ?

— Nous sommes cousins.

— Ah. Bon, eh bien, que pouvez-vous nous dire sur les circonstances tragiques ?

— Rien. Je suis allé me coucher. À mon réveil, Carson n'était plus là.

— Je vois. (Le commissaire jeta un bref coup d'œil à un feuillet posé devant lui.) Qui donc est « Jim Harrison » ?

C'était la question que Luke avait espéré qu'on ne lui poserait pas.

— À Papeete, il y avait une femme que je souhaitais éviter – quelqu'un des États-Unis. Je me suis fait appeler « Jim Harrison » parce que je craignais qu'elle ne me suive à bord du *Rahiria*.

Le commissaire poussa un petit grognement amusé, mais n'insista pas.

— Comment expliquez-vous la disparition de votre cousin ?

— Je n'en ai aucune idée. Comme vous le savez probablement, il s'est querellé avec l'un des passagers du pont, mais je ne peux pas croire que cet homme l'ait poussé par-dessus bord pour cette raison. C'est absolument inconcevable.

Le commissaire hocha simplement la tête.

— Et un suicide ? demanda-t-il. Votre cousin était-il déprimé ?

— Non, je ne dirais pas ça. Je ne l'imagine pas commettant un tel acte.

Le commissaire s'adressa en français au commandant, qui répondit en grommelant quelques mots.

Le commissaire se tourna de nouveau vers Luke.

— Pouvez-vous nous en dire davantage ?

— Je voudrais bien.

Un instant, Luke fut tenté de tout leur révéler : ses soupçons, ses déductions. Il se retint. Il ne pouvait rien prouver. Une action précipitée alerterait son gibier. Sa première tâche, la plus urgente, était de trouver Brady Royce.

— Le *Dorado* est-il arrivé d'Honolulu ?

— Cela fait déjà plusieurs jours, une semaine, peut-être.

— Où est-il ancré en ce moment ?

Le commissaire haussa les épaules et rassembla ses papiers.

— Je ne sais pas.

— Son capitaine vous a-t-il laissé une lettre pour moi ?

— Non. (Le commissaire pinça les lèvres et se caressa la moustache.) Le sujet a été évoqué. Je lui ai suggéré le bureau de poste, qui offre d'excellents services pour ça.

— Je vois. Où se trouve la poste ?

— À côté de la boutique de l'Anglais. Mais elle doit être fermée, maintenant, puisque nous sommes samedi après-midi. Si vous vous dépêchez, vous avez peut-être encore une chance de trouver le receveur à son bureau.

Luke quitta rapidement la cabine et descendit la passerelle en courant. Arrivé en bas, il hésita. Deux femmes aux traits empâtés, vêtues de robes en coton blanc et coiffées d'un chapeau de paille, se retournèrent pour l'observer, puis poursuivirent leur chemin en pouffant. Luke se rendit compte qu'il devait avoir l'air ridicule. Mais c'était sans importance. Où était le bureau de poste ?

Une centaine de mètres plus loin au nord, à l'ombre de grands arbres, il aperçut une rangée de bâtiments aux toits de tôle ondulée. Il s'y dirigea au petit trot. Easley se tenait au bout du quai et examinait un trimaran, un bateau gréé en ketch d'à peu près trente-cinq pieds, avec une drôle de petite cabine à la poupe. Un drapeau australien flottait au grand mât.

Au passage de Luke, Easley se retourna, puis avec une indifférence blessante, il se replongea dans la contemplation du bateau.

Luke grinça des dents. Easley savait qu'il le détestait, mais à l'évidence, il s'en moquait éperdument.

Luke s'arrêta devant un magasin avec une enseigne où l'on pouvait lire, en lettres à moitié effacées : MC DERMOT, FOURNITURES GÉNÉRALES. Une demi-douzaine de Marquisiens de différents âges étaient assis sur des bancs ou accroupis par terre, fumant et bavardant. En apercevant Luke, ils se turent et tournèrent la tête pour l'observer. Un peuple différent des aimables Tahitiens, songea Luke. Ces gens avaient de sombres pensées, oppressés qu'ils étaient par leur passé tragique.

Un petit bâtiment jouxtait le magasin : le bureau de poste.

Luke essaya la poignée de porte et constata qu'elle était fermée à clef. Dépité, il recula. Les Marquisiens sourirent en voyant sa déception. Un jeune homme aux cheveux particulièrement roux et bouclés murmura :

— *Fermé.*

Luke hocha simplement la tête et alla s'asseoir sur un banc au bout de la véranda. Que faire maintenant ? Il y avait une douzaine de charmantes petites criques le long de la côté de Nuku Hiva, où le *Dorado* pourrait être ancré. Il y avait deux autres petites îles à moins d'une heure de navigation : Ua Huka à l'est, Ua Pu au sud. Brady avait peut-être choisi de se rendre à Hiva Oa, la plus grande et la plus belle des îles de l'archipel. En l'absence d'informations, il ne pouvait prendre aucune décision. Ce serait instructif, songea Luke, d'observer Ben Easley et d'apprendre quelque chose de ses plans.

Mais d'abord, essayer du côté des Marquisiens. Luke traversa la véranda. Comme la fois précédente, ils interrompirent leur conversation et le regardèrent avec une indifférence légèrement hostile.

Dans son français hésitant, Luke leur demanda :

— *Connaissez-vous la grande goélette* Dorado *?*

Le jeune homme aux cheveux roux répondit :

— *Oui, monsieur. La goélette* Dorado*, je connais.*

— *Où est-elle, savez-vous ?*

— *Elle est partie. Maintenant – je ne sais pas. Peut-être Hiva Oa. Peut-être Tahiti.*

— *Merci, monsieur.*

Luke reprit la route menant au quai, plus lentement qu'à l'aller. Il nota que le trimaran avait largué les amarres et filait à bonne allure à travers les eaux tranquilles de la baie. Easley n'était plus sur le ponton.

Luke fut saisi d'une appréhension soudaine. Il se mit à courir, et s'arrêta net en voyant les Orsham.

— Où est Easley ?

Devant la brusquerie de Luke, Derek haussa les sourcils d'un air amusé. Il pointa du doigt vers le trimaran. Les pires craintes de Luke se trouvaient confirmées.

— Il a récupéré une lettre au bureau de poste – à propos d'un bateau qu'il était censé rejoindre. Il a ensuite discuté avec les types du trimaran pour qu'ils le laissent embarquer, et ils sont partis.

Luke regarda les voiles qui s'amenuisaient au loin.

— Comment a-t-il fait pour avoir cette lettre ? La poste est fermée.

— J'imagine qu'elle était encore ouverte quand il a débarqué. Elle a dû fermer juste après.

Luke retourna en courant au magasin. Là, il s'approcha du jeune homme roux.

— *Où est la maison du maître de poste, connaissez-vous ? "*

— *Oui, monsieur.* (D'un geste indifférent, l'homme désigna le fond de la vallée.) *Là-haut.*

— *Montrez-moi, s'il vous plaît. Je vous paie cinq cents francs.*

— *Cinq cents francs ?* (Le Marquisien réfléchit. Il jeta un coup d'œil en coin vers ses camarades. Il hésita.) *Voulez-vous y aller maintenant ?*

— *Oui, monsieur, tout de suite. C'est très important.*

Le jeune homme se leva lentement et secoua la tête d'un air résigné.

— *Bon, allons-y.*

Ils prirent le chemin menant au fond de la baie, traversant une succession de zones d'ombre et de lumière, un contraste qui différenciait les îles Marquises de Tahiti, où l'espace était dégagé et la lumière uniforme. Le jeune homme s'engagea dans une allée montant vers une grande faille au milieu des roches noires. Ils marchaient dans un silence mélancolique ponctué de quelques cris d'oiseaux. La végétation était oppressante : des fougères géantes, des arbres à pain, des *mape*, parfois un bananier, des plantes aux larges feuilles en forme de cœur. À intervalles irréguliers, des sentiers menaient à des huttes de chaume, chacune posée sur son antique *paepae* de pierre.

Le jeune Marquisien s'engagea dans l'un de ces sentiers, et fit un bond de côté lorsqu'un chien se précipita au bout de sa chaîne. Avec les crocs du molosse claquant à quelques centimètres à peine de leurs mollets, Luke et son guide approchèrent d'une hutte dont la seule différence avec les autres était un scooter garé sur le *paepae*. Une jeune fille d'une quinzaine d'années apparut sur le seuil, grignotant un fruit. Le jeune homme s'adressa à elle en dialecte marquisien. Elle regarda Luke d'un air maussade, haussa les épaules, prononça quelques mots et mordit dans son fruit. Le garçon se tourna vers Luke :

— *Pas ici.*

— *Où est-il ? C'est très important que je le voie.*

Le jeune homme parla de nouveau à la fille, qui hocha la tête vers Luke et fournit une réponse un peu plus longue. Le Marquisien dit à Luke :

— *Vous n'êtes pas français, n'est-ce pas ?*

— *Non, non ! Je suis américain.*

Un nouveau colloque entre le garçon et la fille. Cette fois, elle accepta de fournir des informations. Les deux hommes regagnèrent le chemin.

— *Le maître de poste, il visite ses amis,* dit le jeune homme en faisant le geste de boire. *Les Français…*

Il fit une mimique de désapprobation, et Luke hocha la tête d'un air entendu. L'alcool de coco, un breuvage illégal dérivé de la sève de coco-tier, était bien plus puissant que son goût pouvait le laisser supposer, et il n'était pas taxé, tout comme la bière d'orange.

Ils s'engagèrent dans une allée sombre longeant des vanilliers, puis ils traversèrent une clairière où broutaient une demi-douzaine de poneys marron, et gravirent ensuite le flanc de la montagne. Luke entendit le son d'une guitare un peu désaccordée, étouffé par le feuillage, puis un murmure de voix. Ils atteignirent enfin un grand *paepae* avec une cabane délabrée. Une colonne de fumée s'élevait derrière la maison, et il flottait dans l'air une puanteur de poisson grillé et d'ail. Sur les vieilles pierres étaient assis une vingtaine d'hommes et de femmes buvant de l'alcool de coco et de la bière d'orange, l'un d'une couleur laiteuse et l'autre de la couleur d'un jus d'orange dilué. Sur le côté, une douzaine de jeunes mâles aux cheveux pommadés riaient et plaisantaient, mais ils ne buvaient pas. Luke s'étonna de leur sobriété.

En voyant Luke, le groupe se figea aussitôt. Il y eut des froncements de sourcils, et quelqu'un marmonna des mots peu aimables. Le jeune homme aux cheveux roux les salua, et il y eut un échange. Luke reconnut le mot *Rahiria*. Un homme corpulent, vêtu d'une chemise et d'un pantalon gris, se leva et s'approcha en titubant légèrement.

Au grand soulagement de Luke, il parlait anglais avec un accent mi-français mi-marquisien.

— Oui, monsieur, je suis le receveur de la poste. Vous me cherchez, hein ?

— Oui. Je m'appelle Luke Royce. Je crois que vous avez une lettre pour moi.

— Il y a bien une lettre au bureau de poste. Pour M. Luke Royce. La poste est fermée. Je la ferme personnellement. Le lundi, je l'ouvre personnellement.

— Cette lettre est très importante. Je vous paierai, disons, mille francs si vous ouvrez la poste et me remettez la lettre.

— Non. C'est contraire au règlement. Les Français sont très… comment dites-vous… *pointilleux.*

Le jeune guide avait accepté un verre d'alcool de coco, et il en prit un autre qu'il tendit à Luke. Le receveur retourna s'asseoir sur le *paepae* d'un air très digne, sans plus s'intéresser à Luke.

— *Attendez un petit peu*, murmura le jeune Marquisien. *Il boit beaucoup. Après… peut-être qu'il vous donnera votre lettre. Buvez avec lui. Il pensera que vous êtes son cher ami.*

Cette idée de boire avec le fonctionnaire jusqu'à ce que celui-ci, dans un élan de camaraderie, retourne à la poste en titubant pour aller chercher la lettre semblait un peu tirée par les cheveux, mais Luke n'en avait pas de meilleure. Il grimpa donc sur le *paepae* et s'installa sur un banc. L'alcool de coco avait un goût de lait âcre, pas du tout désagréable. Luke le sirota prudemment. Les Marquisiens, eux, en buvaient d'énormes rasades, comme si chacun espérait devenir encore plus soûl que ses camarades. Dans la cuisine, des femmes âgées s'activaient sans plaisir, et l'on entendait parfois des échanges pleins d'acrimonie. Finalement, deux jeunes filles apportèrent des plateaux chargés de ce qui semblait être des boulettes de poisson, qu'elles distribuèrent aux participants. Luke prit la plus petite et constata qu'elle contenait plus d'ail que de poisson. Le receveur des postes engloutissait de grosses bouchées qu'il arrosait de bière d'orange. Comme il ne manifestait encore aucune tendance à le considérer comme un vieux camarade de beuverie, Luke en vint à se demander si son opinion changerait quand il serait complètement ivre…

Luke commença à s'impatienter. Il but son verre, regarda sa montre, observa le postier qui venait de retirer sa chemise grise, sous laquelle il portait un maillot de corps taché de sueur. Il avait d'énormes bras velus.

L'impatience de Luke devenait insupportable. Le *Dorado* était peut-être déjà parti pour Hiva Oa, l'escale suivante du *Rahiria*. Mais non… Si c'était le cas, Ben Easley n'aurait pas embarqué sur le trimaran. Le *Dorado* ne devait pas être très loin.

Luke ne put plus se contenir. Il se leva d'un bond et s'approcha du receveur à qui il formula sa demande comme si c'était une idée qui venait juste de lui traverser l'esprit.

Le Marquisien cligna des yeux. Il avait le regard vitreux et semblait à peine comprendre. Luke décida de lui offrir une incitation supplémentaire :

— Je vous achèterai une bouteille de whisky !

— La lettre vient lundi. Vous apportez la bouteille de whisky lundi.

Avec un geste de résignation, Luke redescendit du *paepae*. Son guide ne semblait pas vouloir partir. Luke lui remit cinq cents francs et rebroussa chemin. Seuls les jeunes gens pommadés remarquèrent son départ. Ils se remirent aussitôt à observer les buveurs, attendant que l'une des femmes s'éloigne dans les buissons pour se soulager.

Bouillant de frustration, Luke regagna le chemin menant au village de Taio Hae. Il jeta un coup d'œil au ponton : le trimaran n'était pas revenu. Luke jura entre ses dents. Il s'arrêta devant le bureau de poste et regarda par les vitres poussiéreuses, dans l'espoir improbable d'y trouver un adjoint ou un sous-fifre faisant des heures supplémentaires. Le bureau était désert, à part une dizaine de grosses guêpes. Luke retourna au *Rahiria*. La cargaison avait été déchargée et on était en train de hisser des sacs de coprah à bord.

Les Orsham avait pris des photos de l'opération.

— Vous avez fait une bonne promenade ? s'enquit gaiement Fiona.

— Le bateau est sur le point de partir, ajouta Derek. Nous avions peur que vous ne soyez abandonné à terre.

— M. Easley est allé faire un tour en mer, dit Fiona, et je ne le vois nulle part. Je suis sûre qu'il va rater l'embarquement.

— Je reste, moi aussi, déclara Luke.

— Comment ? s'écria Fiona. Notre petit groupe se disperse donc si vite que ça ?

— Je dois retrouver quelques amis sur un yacht, expliqua Luke. Je ferais mieux de récupérer mes affaires. Qu'est-ce que la police a fait ?

— Ils ont interrogé des passagers du pont et l'équipage, dit Derek. Personne n'a quoi que ce soit à dire, même si tout le monde tient ce Léon Teofu pour responsable.

— Oui, c'est un peu un sauvage, non ? fit remarquer Fiona.

— N'empêche, il proclame son innocence, dit Derek. La fille lui a fourni un alibi.

— Hmmf, fit Luke. Dans ces circonstances, il n'y a pas grand-chose à faire. C'est difficile de mener une enquête quand il n'y a pas d'indices, pas de témoins, rien du tout.

— Même pas un cadavre, murmura Derek.

— Le pauvre Carson ! s'exclama Fiona. Quelle tristesse !

CHAPITRE XVII

Le *Rahiria* avait quitté la baie de Taio Hae. Déjà, les événements qui s'étaient déroulés à bord s'estompaient. Les visages semblaient flous, les sons étouffés. La disparition de Carson n'était plus qu'un improbable cauchemar.

Dans la maison attenante au magasin de l'Anglais, Luke fut conduit à une chambre située à l'arrière et donnant sur un poulailler. Il posa sa valise sur le lit et se rendit sur la véranda. Il aperçut une voile dans la baie, et reconnut le trimaran *Banshee*.

Il retourna sur le ponton en courant et y attendit. Le vent était faible, et le trimaran s'approchait avec une lenteur insupportable. Luke distingua deux silhouettes dans le cockpit. Aucune n'était Ben Easley.

À cinquante mètres du rivage, l'homme à la barre jeta l'ancre et déroula le câble tandis que le trimaran glissait jusqu'au ponton. Son compagnon se tenait à la proue avec un rouleau de cordage. Il cria à Luke :

— Hé, mon pote, donne-moi un coup de main, ce serait sympa ! (Il lui lança le filin.) Enroule-le bien autour du bollard.

Luke s'exécuta. Il s'adressa à l'homme sur le pont, qui abaissait maintenant la grand-voile.

— Vous venez juste d'emmener quelqu'un au *Dorado* ?

— C'est on ne peut plus vrai. Un copain à toi ?

— En un sens. Vous l'avez emmené où ?

— De l'autre côté de l'île, dans la baie de Tai Oa. Un vrai petit coin de paradis.

— Il y a même des nymphes, ajouta l'autre Australien. J'en ai vu deux à bord du *Dorado*. Ça m'a fait un drôle d'effet. J'avais presque oublié à quoi ressemble une fille blanche.

— Est-ce que vous pouvez m'emmener au *Dorado* ? demanda Luke. Je paierai le tarif habituel.

— On est devenus le Foutu Service de Ferry Banshee, s'amusa l'homme à l'avant. Mais si tu as l'argent, tu es le bienvenu. Pas vrai, Bob ?

— Ouais, bien sûr. Demain fera l'affaire, j'imagine ?

— Je veux y aller maintenant.

— Pas possible, mon gars. Il n'y a pas de vent, là-bas.

— Vous n'avez pas un moteur ? Il faut que je rejoigne le *Dorado* le plus tôt possible.

— On a un sacrément bon moteur, dit Bob. Le seul problème, c'est qu'on n'a pas de carburant.

— Il y a *deux* problèmes : ce foutu machin refuse aussi de démarrer.

Luke regarda la baie et pointa le doigt vers des vagues frisottant d'écume.

— Il semble y avoir assez de vent ! Ce n'est qu'à quelques milles.

— Sept milles sur la carte. Mais au cas où tu n'aurais pas remarqué, mon pote, le soleil va se coucher. Pas loin de Tai Oa, il y a un rocher aussi long que le pont de Sydney, et aussi vilain que son Opéra. Quelles chances on aurait dans le noir, hein, Mike ?

— Avec ce courant ? Pas l'ombre d'une.

— Demain matin, mon pote. Là, maintenant, c'est l'heure de boire une bière, en espérant que l'Anglais a reçu sa marchandise.

Luke retourna à sa pension. Deux jeunes filles tenaient le magasin : la fille de l'Anglais, qui avait une dent en or, et une Chinoise. Luke se pencha par-dessus le comptoir :

— Comment puis-je me rendre à la baie de Tai Oa ? Y a-t-il une route ?

Les deux filles pouffèrent comme si Luke venait de leur proposer l'énigme du Sphinx.

— Pas de route, monsieur, répondit la fille de l'Anglais avec une pointe d'accent pittoresque. Il y a seulement le chemin qui grimpe dans la vallée et qui redescend dans celle de Tai Oa. À cette heure-ci, vous ne pourrez pas trouver de cheval. Et à pied, vous êtes sûr de vous perdre. Ça fait bien quinze kilomètres à monter et descendre au milieu des rochers.

— Donnez-moi une bouteille de bière, dit Luke en grinçant des dents. (Apercevant les deux Australiens qui approchaient, il ajouta :) Disons trois.

Les Australiens entrèrent dans le magasin, et manifestèrent leur surprise et leur reconnaissance quand Luke tendit à chacun une bouteille d'Hinano.

— Une idée épatante ! s'exclama Mike, un jeune homme au visage rond avec une frange de cheveux roux.

— Quelle chance extraordinaire ! Ça devrait arriver plus souvent ! déclara Bob, qui était trapu avec un visage buriné et des cheveux blonds coupés très court.

— Tchin tchin !

— Tchin, fit Luke. Allons nous asseoir sur le banc. Il y a une chose que je voulais vous demander.

— Pose toutes les questions que tu voudras, on n'a rien à cacher !

— Vous avez amené Easley directement au *Dorado* ?

— Exact !

— Il est monté à bord ?

— Exact !

— A-t-il parlé à quelqu'un ? Quelqu'un l'a-t-il appelé par son nom ?

— Je n'ai pas remarqué grand-chose. J'étais trop occupé à reluquer la brochette de nanas. Je crois que c'est le capitaine qui l'a fait monter à bord. Qu'est-ce que tu en dis, Mike ?

— Non, ça ne s'est pas passé comme ça. Easley – c'est comme ça qu'il s'appelle ? – se tenait au pied du mât et il regardait la goélette. Une des femmes l'a vu – c'était presque comme si elle guettait son arrivée. Elle est allée parler au capitaine, qui est venu à l'échelle de coupée et Easley a grimpé à bord.

— Je vois. Laquelle des femmes c'était ?

— Je n'en connais aucune par son nom, mon pote. J'aimerais bien. C'étaient toutes de sacrées poupées.

— Bon, comment était-elle ?

— Super. Drôlement chouette, je dois dire.

— J'ai cru que les yeux de ce pauvre Mike allaient lui sortir des orbites, dit Bob.

— Avez-vous entendu quelqu'un parler à Easley ?

— Non, pas vraiment.

— Il y a eu un petit échange, dit Bob, mais juste les trucs habituels quand quelqu'un monte à bord, « Comment ça va ? », « Bienvenue à bord » et « Quelle bonne surprise », ce genre de choses.

— Qui a dit que c'était une surprise ?

— Une des filles, mais ce n'était pas celle qui est allée parler au capitaine.

— Autre chose que vous auriez remarqué ?

— Non. On est repartis tout de suite pour rentrer à Taio Hae. On n'a pas encore l'autorisation pour Papeete. On va sans doute devoir attendre lundi pour avoir des nouvelles.

— Ouais, les Français vérifient soigneusement avant de laisser entrer quelqu'un. Ils ne veulent pas d'agitateurs ni de types louches.

— On est bloqués ici pour l'instant, dit Mike. Comment tu t'appelles, déjà ?

— Luke Royce.

— Ravi de te connaître. Je suis Mike Hannigan, et lui, c'est Bob Higgins… Tiens, ça me fait penser, le capitaine du *Dorado* a parlé d'un certain Luke. Il a dit à Easley : « Vous arrivez juste de Papeete ? » Et Easley qui répond : « C'est ça. » Et le capitaine qui dit : « Est-ce que Luke était à bord ? » Et Easley qui fait : « Jamais entendu parler d'un Luke quelconque ! » C'est à peu près ce qu'ils se sont dit.

Luke poussa un grognement de dépit.

— En parlant de femmes, dit Bob, tu as remarqué les deux mignonnes dans le magasin ? On va peut-être pouvoir faire une petite fête, finalement.

— Un peu jeunes, mon gars. Elles ont encore leurs dents de lait.

— Oui, tu as raison, bien sûr. Écoute, tu restes ici pour tailler une bavette avec Luke. Moi, je vais aller faire un peu de shopping.

— Eh, pas si vite ! Laquelle tu préfères ?

— J'aime bien celle en rose avec la dent en or.

— Tu as bon goût. Je me contenterai de l'autre. Je suis sûr qu'elle est sympa. Exactement mon genre.

— Et le pauvre Luke, dans tout ça ?

— Il peut porter le panier du pique-nique. Allons tenter notre chance.

Ils entrèrent dans le magasin, et Mike déclara :

— Je crois que nous allons faire un gros achat. Trois autres bouteilles de bière, et qu'est-ce que vous aimeriez boire, mesdemoiselles ?

— Rien, monsieur, rien du tout.

— Allons, vous ne voulez quand même pas nous vexer ? Vous aimez la bière ?

— Oh, non !

— Vous n'en buvez pas, hein ? Ma foi, vous avez bien raison. Mon ami Bob en boit tous les jours depuis sa naissance, et vous voyez dans quel état il est, maintenant.

— Il n'a pas l'air si mal que ça !

— Peu importe de quoi il a l'air, il reste affectueux avec sa mère. Au fait, on est samedi soir. Qu'est-ce qu'il y a comme distractions, dans le coin ?

— Rien, à part le bal à la mission mormone.

— Formidable ! Vous pouvez peut-être nous y emmener. J'ai toujours rêvé de rencontrer un Mormon.

— Susy ne peut pas y aller, dit la fille de l'Anglais. Les Chinois sont très stricts.

— Pire que les Mormons ?

— Ça, je ne sais pas.

— Est-ce que Susy parle anglais ?

— Non, seulement le français.

— Demande-lui si elle peut sortir de chez elle discrètement par-derrière.

— Oh, non ! Son père la battrait.

— Ma foi, Bob, dit Mike, j'ai bien peur que tu ne sois obligé de surveiller la boutique avec Susy. À moins que… c'est quoi, ton petit nom ?

— Angel.

— À moins qu'Angel n'ait une autre amie aussi belle. Qu'est-ce que tu en penses, Angel ?

— Il y aura des filles à la mission.

* * *

N'ayant rien de mieux à faire, Luke alla aussi au bal, où il passa une heure à regarder les couples danser d'un air guindé des fox-trot au son d'un phonographe. Toute cette affaire était strictement chaperonnée. Quelques dizaines de jeunes hommes aux chemises d'un blanc éblouissant étaient assis, buvant du vin et interpellant les filles, sous le regard profondément désapprobateur des missionnaires. Mike et Bob se tinrent beaucoup mieux que Luke ne l'avait imaginé, dansant avec dignité et n'éveillant que peu de soupçons chez les missionnaires.

Luke partit tôt, et il ne sut jamais comment la soirée s'était terminée.

En retournant à son logement, il admira le paysage d'une beauté étrange. La nuit était sombre, et les pics dressaient leurs masses noires sur le fond du ciel étoilé. Sur la baie flottaient quelques dizaines de pirogues, toutes équipées d'une lampe éclairant la surface. Luke alla dans sa chambre où il se déshabilla et s'étendit sur son lit. La nuit précédente, il avait dormi à bord du *Rahiria*. Il avait l'impression qu'une éternité s'était écoulée depuis.

Il fut réveillé tôt par le chant du coq et les caquètements des poules. Une brume matinale s'accrochait aux flancs des massifs. Une lumière nacrée semblait s'élever de la baie.

Les eaux étaient parfaitement calmes. Luke retourna dans son lit et somnola encore une heure ou deux.

* * *

L'épouse de l'Anglais lui servit un copieux petit déjeuner : bacon, œufs, bananes frites, la moitié d'un énorme pamplemousse polynésien, du café des Marquises. Luke mangea sans appétit, et fut bientôt rejoint par Mike et Bob qui semblaient quelque peu abattus.

Luke leur demanda quand ils pouvaient partir pour Tai Oa.

— N'importe quand, répondit Mike. La brise n'est pas très forte, mais une fois au large, on devrait avoir un vent correct.

Le vent fut largement suffisant pour le trimaran, un voilier léger comme une plume. Le bateau quitta la baie et s'engagea entre les Sentinelles avant de prendre le cap à l'ouest, avec un bon vent arrière.

Les rochers escarpés de Nuku Hiva défilèrent. Mike désigna devant eux deux pitons.

— C'est l'entrée de la baie de Tai Oa. Tiens, dit-il en tendant les jumelles à Luke, regarde en bas.

JACK VANCE

Luke vit en travers du passage une longue barre rocheuse à moitié immergée sur laquelle les vagues tourbillonnaient. Mike et Bob n'avaient pas menti. Tenter d'accéder dans le noir à la baie de Tai Oa avec peu ou pas de vent aurait été suicidaire.

Le *Banshee* fila devant l'entrée, tira un bord et se glissa habilement dans le passage. Luke alla à l'avant pour observer. La baie était divisée en deux criques. Une épaisse végétation vert foncé s'arrêtait à la limite de plages de sable blanc. On apercevait de part et d'autre les célèbres cataractes des Marquises. Deux yachts étaient à l'ancre. Aucun n'était le *Dorado*.

— C'est bizarre, fit Mike. On dirait qu'il a disparu.

— Pas disparu, mon vieux. Il est simplement reparti.

D'une voix soigneusement maîtrisée, Luke dit :

— Naturellement, vous êtes sûrs que c'est le bon endroit ?

— Ah, bon sang, oui. Il était amarré là-bas, près de ce ketch bleu.

Luke poussa un profond soupir. Tout cela n'avait rien de mystérieux. Apprenant que Luke n'était pas à bord du *Rahiria*, Brady avait levé l'ancre et mis les voiles pour Tahiti.

Ils approchèrent de l'endroit où le *Dorado* avait été à l'ancre, dans dix mètres d'eau claire comme du cristal. Le fond était de sable blanc parsemé de taches de végétation orange et bleu, et de coraux violets. Le ketch était la *Viviane*, de Santa Monica. Un homme et une femme étaient installés sur le pont.

Mike fit une approche lente, et Luke lança :

— Ohé, de la *Viviane* ! Quand le *Dorado* est-il parti ?

— Hier après-midi, vers 3 ou 4 heures.

Le trimaran s'approcha encore et se mit à dériver quand Mike relâcha de la toile.

— Vous savez où il comptait se rendre ? demanda Luke.

— Hiva Oa, d'après le skipper. Et ensuite, Tahiti.

— Vous savez où plus précisément, à Hiva Oa ?

— On arrivait juste de Hana Menu, une baie sur la côte nord. Un endroit magnifique ! J'en ai parlé aux gens du *Dorado*. Il est possible qu'ils soient allés là.

— Merci !

Luke se tourna vers les Australiens.

— Combien pour m'emmener à Hiva Oa ?

— Voyons, dit Mike, réfléchissons. Ça fait à peu près soixante milles. C'est sur la route de Tahiti. Bob, tu en as assez de Nuku Hiva ?

— Je suis prêt pour Hiva Oa.

— Bon. Alors, disons trente dollars. Pourquoi si peu ? D'abord, parce que nous avons besoin d'un peu de compagnie. Et puis les caisses sont vides…

* * *

Le *Banshee* quitta la baie de Tai Oa en tirant des bords dans les alizés du sud-est qui venaient soudain de se lever. Hiva Oa se trouvait droit au sud-est, et à moins que le vent ne tourne, le voyage allait être une lutte vent debout.

Les vagues devinrent plus fortes. Les Australiens ferlèrent la grand-voile et poursuivirent leur chemin avec seulement le foc et la misaine, au prix d'une légère réduction de vitesse mais permettant une navigation beaucoup plus facile.

Dans l'après-midi, Hiva Oa apparut à l'horizon : un long tracé noir surmonté des montagnes jumelles, Heani et Ootua.

Le vent faiblit, et ils se rendirent compte que le trimaran ne pourrait atteindre l'île avant la tombée de la nuit. La brise devint irrégulière et des nuages commencèrent à s'accumuler à l'est. Un grain était imminent. Au coucher du soleil, sous un ciel chargé de nuages rapides, les Australiens ne conservèrent que la misaine. À la première bourrasque de pluie, les trois hommes descendirent se réfugier dans la cabine.

Là, tout était calme, à part le léger bruit de l'eau contre la coque. Le bateau avançait facilement, sans roulis, accompagnant simplement le lent mouvement des flots de façon plus douce que ce que Luke avait connu à bord du *Rahiria*. Quand il fit glisser le panneau d'écoutille pour jeter un coup d'œil dehors, le vent siffla à ses oreilles, des gouttes de pluie lui cinglèrent le visage. Il redescendit aussitôt.

— On avance ou on recule ? demanda-t-il.

— On reste à peu près sur place, je dirais, répondit Mike. On reculera peut-être de quatre ou cinq milles. Ou bien on en gagnera quelques-uns. Pas de quoi s'inquiéter. (Il jeta un coup d'œil à la carte.) Ua Pu se trouve à trente milles à l'est, ce qui est largement suffisant dans les circonstances. Aucun problème.

Pour le dîner, ils prirent de la soupe, du pain, des fruits et un ragoût de viande en boîte avec des pommes de terre et des oignons. Très similaire à ce que Luke avait connu à bord du *Rahiria*.

Après le repas, Bob alla faire un tour sur le pont tandis que Mike s'occupait de la vaisselle et que Luke méditait, assis sur le canapé. Bob redescendit avec de bonnes nouvelles.

— Le temps se calme, et nous devrions être tranquilles pour la nuit. Autant aller se coucher.

Mike et Bob dormirent dans les couchettes, et Luke passa sur le canapé une nuit qu'il crut agitée, mais en fait, il fut réveillé par la lumière de l'aube inondant la cabine. Il se leva, mit ses chaussures et monta sur le pont. Le ciel était dégagé, le vent soufflait faiblement, mais toujours du sud-est. Devant eux se trouvait Hiva Oa, à peu près à la même distance que la veille au soir.

Mike le rejoignit sur le pont, où il hissa le foc et la grand-voile, et régla le pilote automatique. Bob fit du café et du porridge.

— Si ce temps se maintient, déclara Mike, nous serons à Hiva Oa vers midi. On va se traîner, bien sûr. Avec un vent correct, il ne nous faudrait que trois ou quatre heures pour faire les soixante milles.

Le soleil grimpa dans un ciel parfaitement bleu. Le vent faiblit et le trimaran fendit lentement les eaux limpides.

Luke alla s'asseoir sur l'avant de la cabine, d'où il observa l'île à la jumelle. Il redoutait de voir le *Dorado* s'éloigner vers le sud toutes voiles dehors. La matinée était magnifique. Il songea avec regret à quel point il aurait apprécié ce voyage si les circonstances avaient été différentes.

Le temps passa. Le *Banshee* s'approchait paresseusement de l'île. Les pics se dressèrent vers le ciel. Les caps s'étendirent à travers l'horizon. Les masses noires et grises commencèrent à révéler des nuances de vert.

Après avoir consulté la carte, Mike mit le cap droit vers le mont Heani, et ils purent voir bientôt les deux pointes rocheuses entourant Hana Menu.

Au-delà, séparant la baie en deux criques, se dressait une immense tour rocheuse de deux cents mètres de haut, d'après Bob.

À midi précisément, le *Banshee* entra dans Hana Menu. Dans la baie est, il y avait deux bateaux. Le premier était le *Rahiria*, amarré à un ponton. Le second, au grand soulagement de Luke, était le *Dorado*, ancré à deux cents mètres d'une belle plage de sable blanc et presque à l'ombre de la grande tour.

— Eh bien, mon pote, on dirait que tu as de la chance, dit Mike. Voilà enfin ton bateau.

— C'est bien lui, effectivement, répondit Luke. Amène-moi à côté, si tu veux bien.

— Dix dollars, s'il te plaît, pour le trajet de Taio Hae à Tai Oa, et trente autres pour le passage jusqu'à Hana Menu.

Luke sortit un de ses traveller's checks et signa en bas.

— En voilà cinquante. Buvez une bière à ma santé quand vous serez à Papeete.

— Tu peux compter sur nous, et merci beaucoup.

— C'est moi qui vous remercie.

Le trimaran s'approcha du *Dorado*.

— Il n'y a personne à bord, dit Mike. J'ai l'impression qu'ils sont tous descendus à terre.

Luke prit les jumelles. Effectivement, le *Dorado* semblait désert. Où étaient-ils tous passés ? Il scruta le rivage. Au bout de la baie, il y avait un village, très pittoresque à l'ombre des cocotiers. Il semblait s'y dérouler une sorte de fête. À travers le feuillage, de la fumée s'élevait de plusieurs feux, et l'on voyait des tenues bariolées dans l'ombre.

Bob examina la scène à travers les jumelles.

— On dirait un grand *tamaraa*. On devrait peut-être rester un peu.

— On n'est pas invités, Bob. Nous, on va à Papeete.

— Tu as tort, Hannigan. Tu te souviens de ces jolies poupées qu'on a vues sur le *Dorado* ?

— J'ai vu aussi deux Yankees qui n'avaient pas l'air commodes, sans compter le type qu'on y a transporté. Je crois qu'il y en a une qui lui a fait de l'œil.

— Tu as raison, dit Bob. Je l'ai remarqué, moi aussi. Celle qui guettait son arrivée.

Luke fut aussitôt intéressé.

— Laquelle c'était ?

— Difficile à décrire, mon pote. Elles avaient toutes beaucoup de choses en commun.

— Fais gaffe, Mike ! Si ça se trouve, il y en a une qui est la sœur de Luke !

— Non, dit Luke, absolument pas… Bon, débarquez-moi à terre, si vous voulez bien. C'est là que tout le monde est parti, apparemment.

— Comme tu voudras.

Le trimaran se rangea le long du ponton. Luke sauta à terre et Mike lui tendit sa valise. Sur la plage apparut une jeune femme en short blanc avec un haut bleu ciel. Bob leva ses jumelles.

— Oh, quelle beauté ! Quel magnifique spécimen !

— Hé, laisse-moi voir un peu ! dit Mike en s'emparant des jumelles. Mais la fille était déjà retournée sous le couvert des arbres.

— Qui était-ce ? demanda Luke. Celle qui a « fait de l'œil » à Easley ?

— Je ne peux pas vraiment être sûr, elle me tournait le dos. L'autre avait les cheveux en chignon, si je me souviens bien. J'aurais bien aimé en voir un peu plus que ses fesses.

Mike ricana.

— Ah, jamais content, ce Bob Higgins…

— J'ai dit que je ne pouvais pas l'identifier simplement à partir de ses fesses.

— Bon, ça se comprend.

— Allez, pousse-nous un bon coup, Luke, on reprend la mer.

Luke s'exécuta. Les voiles se gonflèrent et le *Banshee* repartit vers le large.

Luke prit sa valise et s'engagea sur le ponton en passant devant le *Rahiria*, puis il prit la route longeant la baie, sous le feuillage d'*aitos* – surnommés les « bois de fer » –, de manguiers et de cocotiers, avec ici et là des cases en chaume un peu en retrait.

Tout en marchant, Luke réfléchit. Si Brady participait à une fête sur la plage, il ignorait certainement que Carson était mort. Luke prit sa décision. Il devait trouver un moyen d'attirer discrètement son attention pour l'entraîner à l'écart, lui apprendre la triste nouvelle et lui révéler ce qu'il savait sur Easley. L'identité de la complice d'Easley – Lia ? Jane Wintersea ? Kelsey McLure ? – ne pourrait pas rester longtemps cachée. Toute la lumière serait faite sur cette tragique affaire, pour le meilleur ou pour le pire.

Après avoir traversé le petit village avec son inévitable église et son épicerie chinoise, Luke s'approcha du *tamaraa* : un festin manifestement organisé par Brady. Quatre tables étaient chargées de nourriture : porc cuit à la vapeur, poulet, langoustines et langoustes, poisson cru mariné au jus de citron vert, poisson frit, boulettes de poisson à la crème de coco, trois sortes de *poi*, du riz, des bananes, papayes et avocats, des palourdes hachées avec de la noix de coco fermentée, des cœurs de palmier, de la pieuvre cuite dans son encre, une crème anglaise parfumée à la vanille et au café.

Toute la compagnie du *Dorado* semblait avoir fini de manger et regardait maintenant des danseurs du village en sirotant du vin. Luke s'arrêta dans l'ombre pour examiner les personnes présentes. Brady était invisible, aucune trace d'Easley, personne qui corresponde à l'image qu'il se faisait de Lia… À l'exception de Bill Sarvis, le chef mécanicien du *Dorado*, tous les participants du *tamaraa* étaient des étrangers.

Sarvis, qui avait maintenant soixante ans, était un homme de taille moyenne, au teint pâle pour un marin, avec un visage qui semblait constitué uniquement d'os et de cartilage. Luke lança un caillou dans sa direction, et Sarvis se retourna. Luke lui fit un signe. Sarvis se leva et traversa la clairière.

— Hello, Luke. Je croyais que nous devions vous retrouver à Nuku Hiva ?

— C'était bien mon intention, mais j'ai été retardé. Le temps que je trouve où le *Dorado* était à l'ancre, vous étiez déjà repartis.

Sarvis fronça les sourcils en se frottant le menton.

— Bizarre. Le skipper a été informé que vous n'étiez pas à bord de la goélette.

— Pour des raisons que je ne peux détailler maintenant, je me suis servi d'un autre nom, Jim Harrison. Brady sait-il que Carson s'est noyé ?

— Quoi ? Ce n'est pas vrai ?

— J'ai bien peur que si. C'est arrivé pendant le voyage depuis Tahiti.

— Ah, seigneur, non… Quelle terrible nouvelle ! Le pauvre Brady !

Il a laissé le gamin à Honolulu. Bon, je pense que vous le saviez. Comment cela est-il arrivé ?

— C'est assez mystérieux. Où est Brady ?

— Il s'est senti très mal. Il a mangé quelque chose qui ne lui a pas convenu. Il est retourné sur le *Dorado* avec sa femme.

Luke le regarda fixement. Il jeta un coup d'œil vers les tables chargées de nourriture, puis vers le *Dorado*.

— Qu'est-ce qui l'a rendu malade ?

Sarvis haussa les épaules.

— Difficile à dire. En tout cas, ça ne lui a vraiment pas réussi.

Luke inspira profondément. Easley avait-il agi aussi vite que ça ?

Il entendit un bruit de pas derrière lui, et comme invoqué par les réflexions de Luke, Easley apparut.

— Hello, Harrison, dit-il sans enthousiasme. Qu'est-ce qui vous amène par ici ?

— Je pourrais vous poser la même question.

Easley attendit un instant avant de répondre, une sorte d'insulte, comme si la question de Luke ne méritait pas une réponse immédiate.

— Je suis invité à bord du *Dorado*. (Il fit un signe de tête vers le *Rahiria*.) Vous feriez mieux de retourner là-bas, ou sinon, vous serez coincé à terre. Ils vont larguer les amarres d'un instant à l'autre.

Luke ouvrit la bouche, mais il la referma sans rien dire. Autant laisser Easley croire qu'il était arrivé à bord du *Rahiria*.

— Comment se fait-il que vous n'ayez pas dit à M. Royce que son fils s'est noyé ?

— Qui ça ? Carson ? (Easley prit un air étonné.) C'était le fils de Royce ? Je ne crois pas avoir entendu son nom de famille.

Luke se tourna vers Sarvis.

— Emmenez-moi au *Dorado*. Il faut que j'informe M. Royce de ce qui s'est passé.

Easley regarda un instant le *Rahiria*, qui semblait effectivement sur le point de partir, puis il haussa les épaules et s'éloigna.

Luke dit :

— Cet homme est la raison pour laquelle je me fais appeler Jim Harrison.

— Je m'étais posé la question, fit Sarvis.

— Eh bien, c'est mon nom jusqu'à nouvel ordre. Allons-y, pour apprendre la nouvelle à Brady.

— Venez, le canot est par là.

Quelques minutes plus tard, ils atteignirent l'échelle de coupée du *Dorado* et Luke grimpa à bord. Les ponts étaient déserts. Il jeta un coup d'œil dans le salon, où il trouva un steward philippin en train d'astiquer les cuivres.

— Où est M. Royce ?

— Dans sa cabine. Il est très malade.

— Mme Royce est avec lui ?

— Oui, monsieur.

— Allez lui demander si je peux parler à son mari.

Le steward sortit. Un instant plus tard, une jeune femme aux cheveux noirs et au teint légèrement olivâtre entra dans le salon. Elle portait un short blanc, un pull en coton beige, et Luke fut bien obligé de reconnaître que Lia Wintersea était la plus belle créature qu'il ait jamais eu l'occasion de rencontrer. Pour l'instant, elle semblait nerveuse et au bord des larmes.

— Oui ? Que voulez-vous ?

Elle avait une voix douce, et sa brusquerie ne se voulait pas insultante.

— J'aimerais voir M. Royce.

Lia se tordit les mains.

— Je ne vois pas comme ce serait possible maintenant. Il est terriblement malade.

— Malade comment ?

— Eh bien, il vomit, il a des crampes d'estomac, et… il n'est vraiment pas bien.

— Vous avez appelé un médecin ?

— Oui, bien sûr. Il y a un hôpital un peu plus loin sur le rivage. Le médecin devrait arriver d'un instant à l'autre. Qui êtes-vous ?

Luke éluda la question.

— M. Royce sait-il que son fils Carson est mort ?

Lia recula et son visage devint livide.

— Carson ? Mort ?

Luke hocha la tête. Si Lia jouait la comédie, c'était une formidable actrice.

— Il s'est noyé pendant le voyage depuis Tahiti. Apparemment, il est tombé par-dessus bord.

— C'est épouvantable… murmura Lia. (Elle jeta un coup d'œil hésitant vers la coursive.) Je ne peux pas le dire à Brady. Pas en ce moment. Il est dans un état si pitoyable…

— Puis-je le voir juste un instant ?

Lia le dévisagea avec toute la concentration dont elle était capable.

— Vous êtes un ami à lui ?

— C'est un peu ça.

— Je ne crois vraiment pas que ce soit possible. Pas maintenant. Je devrais être auprès de lui… Ah, Dieu soit loué ! Voilà le médecin !

Un jeune homme, en chemise et pantalon blancs, entra dans le salon, sa trousse médicale à la main. Il posa quelques questions en anglais, avec une trace d'accent presque imperceptible, et Lia l'emmena à la cabine de Brady sans plus s'occuper de Luke.

Luke se tourna vers Sarvis.

— Bon, dit-il, je ne peux pas en faire plus.

— Que se passe-t-il, si je peux me permettre de poser la question ?

— Vous pouvez. Je crois qu'Easley a assommé Carson et l'a jeté par-dessus bord. À Tahiti, il a tenté de me tuer. Je portais une barbe à l'époque, et maintenant, il ne me reconnaît pas. C'est un assassin – mais je ne peux pas le prouver. J'ai essayé de venir ici pour parler à Brady, mais on dirait que j'arrive trop tard.

Sarvis ouvrit de grands yeux.

— Vous ne voulez pas dire que…

— Je ne sais pas. Je trouve étrange que personne d'autre ne soit malade. Seulement Brady.

— C'est effectivement assez bizarre, fit Sarvis en se frottant le menton.

Luke alla sur le pont et regarda la rive. Le son de la musique et des chants flottait jusqu'au bateau. Le *tamaraa* était un grand succès. Le *Rahiria* était parti, et le *Dorado* était le seul yacht dans la baie.

Un quart d'heure s'écoula. Luke retourna au salon où Sarvis était assis, plongé dans ses réflexions.

Luke se mit à faire les cent pas.

Le médecin réapparut, suivi de Lia qui se mordait la lèvre.

— Comment va-t-il ? demanda Luke.

Le médecin posa sa trousse sur la table.

— Franchement, pas bien du tout. (Il s'exprimait d'une voix précise.) Je crois qu'il a mangé du poisson venimeux. Il y en a de nombreuses sortes, par ici. Certains deviennent toxiques à cause des eaux dans lesquelles ils vivent, ou de la nourriture qu'ils absorbent. Un poisson-perroquet pêché ici sera inoffensif, pêché dix kilomètres plus loin, il sera empoisonné… Mais ceux-là ne sont pas aussi dangereux. Ils peuvent vous rendre très malade, mais en général, on s'en remet. Si M. Royce a mangé ce que les indigènes appellent le *hue-hue* – c'est-à-dire le poisson-ballon –, la situation est beaucoup plus grave.

— Je vois. Alors, qu'en pensez-vous ?

— Je ne peux pas être certain. Les symptômes sont les mêmes dans de nombreux cas : vomissements, diarrhée, convulsions, perte de sensation dans les extrémités. J'ai fait ce que j'ai pu pour lui. Nous ne pouvons plus qu'espérer que son état s'améliore. De plus, M. Royce semble avoir des antécédents médicaux avec des problèmes de foie, ce qui complique les choses. (Il reprit sa sacoche.) Personne d'autre n'est malade ?

Sarvis répondit :

— Non, pas à notre connaissance.

— C'est étrange… Les indigènes se gardent bien de pêcher le *hue-hue*, ils en ont très peur, même si le poisson est inoffensif une fois retirée sa glande de poison. (Il haussa les épaules et se tourna vers Lia.) Je dois retourner à terre, mais je reviendrai dans deux heures.

— Est-ce que nous ne devrions pas le faire transporter à l'hôpital ? demanda Lia d'une voix chevrotante.

— Cela ne servirait à rien. Je ne peux rien faire de plus là-bas. À Papeete, peut-être. Si vous voulez, je peux envoyer un message radio pour faire venir l'hydravion. Naturellement, cela entraînera des frais…

— Ne vous inquiétez pas pour ça ! Envoyez le message !

— Très bien. En attendant, veillez à ce qu'il reste au calme. Qu'il se repose autant que possible.

Le médecin sortit, et quelques instants plus tard, son canot repartit vers le rivage.

JACK VANCE

Luke se laissa tomber sur le canapé et contempla le tapis. Lia retourna dans la coursive. Debout devant Luke, Sarvis lui demanda :

— Vous croyez vraiment qu'Easley est responsable ?

— Je sais qu'il l'est.

— Pourquoi ? demanda Sarvis d'une voix égale. Dans quel but ? Au profit de qui ?

— Réfléchissez un peu.

— De la façon dont se présentent les choses, vous seriez le seul à en bénéficier.

Luke leva la tête et croisa le regard glacial de Sarvis.

— Easley a d'abord essayé de me tuer, et il a cru avoir réussi. Je roulais à scooter, et il m'a projeté en bas d'une falaise. Il me croit mort.

— S'il avait su que vous étiez encore vivant, il n'aurait peut-être pas tué Carson. Si c'est bien lui qui l'a tué.

— C'est vrai, dit Luke. Mais je ne savais rien de ses intentions. S'il est responsable de ça… (il hocha la tête en direction de la cabine arrière)… alors, les choses commencent à prendre forme.

Sarvis grommela :

— Si Brady meurt, c'est votre parole contre la sienne.

— Juste un petit détail, répondit Luke. Comment suis-je censé avoir empoisonné Brady ?

— Vous aviez autant l'occasion qu'Easley. Le *Rahiria* est au port depuis hier soir.

Luke sourit.

— Je vois. Eh bien, Sarvis, soupçonnez qui vous vous voudrez. Mais pour l'instant, jusqu'à ce que les choses soient éclaircies, je suis Jim Harrison. Ne l'oubliez pas !

— Comme vous voudrez. Je crois que je ferais mieux d'aller récupérer les gens restés à terre.

— Rapportez-moi ma valise, voulez-vous ? Je l'ai laissée près de l'endroit où nous nous sommes parlé.

— Entendu.

Quelques minutes plus tard, Sarvis revint avec un groupe d'invités silencieux. Il présenta brièvement Luke comme étant « M. Harrison », ce qui sembla suffire pour le moment. Easley regarda Luke d'un air pensif avant de regagner sa cabine.

Lia réapparut. D'une voix étouffée, elle informa les autres du dia-gnostic du médecin, puis elle se mit à sangloter doucement. Luke l'ob-serva attentivement, ainsi que les deux autres jeunes femmes. Encore une fois, il se dit que si Lia jouait la comédie, sa technique était irré-prochable.

Les deux autres ? Il n'arrivait pas à se faire une opinion pour l'ins-tant. Elles affichaient une certaine sympathie, sans pour autant mani-fester une profonde inquiétude. Jane était froide et didactique, avec des émotions soigneusement contrôlées par son intellect. Kelsey était vive, effervescente de malice, et semblait n'avoir aucune intention de perdre son temps avec des soucis qui n'étaient pas les siens. Une petite créature fascinante, songea Luke. Plus vitale et assurée que Lia, plus féminine que Jane, et cherchant déjà à évaluer Luke, le nouvel homme à bord. Luke refusait de réagir. Il était très possible qu'elle ait commis un assassinat – ou plutôt, qu'elle ait été la complice d'un assassin, mais pourquoi s'arrêter à cette distinction ? Cela pouvait presque certainement s'appliquer à l'une des trois jeunes femmes à bord du *Dorado*.

Laquelle ?

Ce simple examen ne lui fournit aucune information.

Quant aux autres invités, il était facile de les éliminer. Don Peppergold était un jeune homme apparemment très droit, quoique un peu imbu de lui-même. Les parents McLure ne pouvaient être autre chose que ce qu'ils semblaient être : un couple prospère, civilisé, intel-ligent, honnête par habitude plutôt que par adhésion consciente à une doctrine. Easley était totalement à part dans le groupe, du moins par rapport aux deux McLure et à Don Peppergold. Luke avait entendu Kelsey l'appeler « Ben », et Jane était restée assise un instant avec lui dans un coin du salon.

De retour, le médecin se rendit sans un mot dans la cabine de Brady. Lia revint dans le salon et resta debout, soucieuse et seule.

La conversation s'arrêta. Le steward apporta du thé, que tous burent pratiquement en silence. Tout le monde ignorait Luke.

Le médecin réapparut brièvement.

— J'ai envoyé un message pour faire venir l'hydravion, dit-il à Lia. C'est sans doute ce qu'il y a de mieux à faire pour M. Royce, le transporter à Papeete. Ils ont de nouveaux médicaments et des techniques dont nous ne disposons pas encore localement.

— Quand l'avion doit-il arriver ?

— Je ne peux pas en être sûr. Certainement d'ici une heure ou deux. Il y aura des infirmiers très qualifiés à bord, j'y ai veillé.

— Merci beaucoup.

Le médecin retourna dans la cabine. Lia s'assit et sirota d'un air apathique le thé que Mme McLure l'avait obligée à prendre. Quelles que soient ses pensées, elle les gardait pour elle. Seules quelques crispations de sa bouche indiquaient qu'elle réfléchissait.

Luke se cala sur le canapé et observa le groupe à travers ses paupières mi-closes. Personne ne semblait lui prêter attention, sauf Easley qui lui lançait parfois un regard lourd d'interrogations.

Le médecin réapparut. Il était hagard et semblait un peu ébahi, comme dépassé par les événements. Sans préambule, sans même s'éclaircir la gorge, il annonça :

— M. Royce s'est éteint.

Il y eut un profond silence, puis Lia poussa un petit gémissement et se pressa contre la poitrine de Mme McLure en sanglotant. Easley fit mine de prendre un cigarillo, mais il se ravisa. Luke l'observa attentivement pour voir avec qui il pourrait échanger un regard de triomphe.

Jane avait les lèvres pincées et le front plissé, comme si elle était soucieuse. Kelsey regardait Lia avec une expression indéchiffrable.

Luke croisa le regard de Sarvis. Il savait ce qu'il pensait. La chose était évidente. Lui, Luke Royce, était à présent l'administrateur du Fonds Golconda, *de facto* un millionnaire, avec à sa disposition une immense fortune. Le *Dorado*, qui flottait sur les eaux tranquilles de Hana Menu, était à lui. Il pourrait avoir des femmes aussi belles que Lia. Il était à présent un homme puissant. Luke fit une grimace en essayant de chasser ces pensées de son esprit. De fait, elles ne lui procuraient aucun plaisir. La seule réalité était ici, dans le salon du *Dorado*. Il connaissait l'assassin, mais qui était sa complice ? Luke les dévisagea tour à tour, Lia, Jane, Kelsey. Le médecin parlait de façon pressante à Lia, qui se contentait de hocher de temps en temps la tête, les yeux brillants de larmes. Jane l'observait avec un certain détachement. Elle lança un rapide coup d'œil vers Easley. Pour autant que Luke pût l'interpréter, c'était une interrogation plutôt qu'une communication. Easley semblait s'ennuyer et faisait semblant de fumer un cigare invisible. Kelsey ? Elle avait l'air mécontente, comme si la mort de Brady dénotait un manque de considération.

Lia ? Jane ? Kelsey ? L'une des trois était forcément coupable. L'une de ces femmes avait fait venir Easley à bord du *Dorado*, et avait conspiré avec lui pour tuer trois hommes.

Deux étaient mort, le troisième était toujours vivant. Easley et sa complice étaient sur le point de subir un choc terrible.

Luke se tourna de nouveau vers Sarvis. Les yeux gris du chef mécanicien n'étaient plus braqués sur lui. Ils étaient à présent fixés sur Ben Easley. Par quelque processus inconscient, Luke avait réussi à convaincre William Sarvis de son innocence.

Il se redressa sur le canapé. Le moment était venu d'élaborer un plan. Easley et sa complice n'allaient certainement pas se trahir d'eux-mêmes. Il fallait démontrer leur culpabilité. Pour l'instant, Luke ne voyait pas de méthode pour effectuer cette démonstration.

CHAPITRE XVIII

L'hydravion arriva à 19 heures, volant au ras des flots dans le crépuscule. Il se posa en soulevant une immense gerbe d'écume.

Le gendarme du district s'était déjà rendu à bord du *Dorado* où il s'était entretenu avec le médecin. Il se sentait manifestement dépassé par les événements. Il avait indiqué qu'il enquêterait sur les circonstances du *tamaraa* et ferait son rapport aux autorités de Papeete – ce qui arrangeait tout le monde, dans la mesure où c'était là que le *Dorado* devait de toute façon se rendre.

Le corps de Brady fut transféré dans l'hydravion.

Lia annonça son intention de l'accompagner à Papeete, mais les McLure le lui déconseillèrent, en lui faisant remarquer que, là-bas, elle ne pourrait être d'aucune utilité, et que, pour l'instant, elle serait beaucoup mieux sur le *Dorado* avec ses amis.

Lia écouta d'un air dubitatif.

— Mais il faudrait que j'entre en contact avec Luke Royce – après tout, c'est le nouvel administrateur de Golconda.

Jane se joignit à la conversation.

— Envoie-lui un message par radio. Quelques jours ne feront aucune différence pour lui.

Lia se tourna vers Sarvis.

— Qu'en pensez-vous ?

— Nous serons à Papeete dans quatre jours au plus tard, si nous levons l'ancre tout de suite. Nous pouvons tout à fait envoyer un radiogramme à Luke Royce, à son adresse de Papeete.

— Eh bien, c'est d'accord, dit Lia d'une voix atone. Pouvons-nous partir, maintenant ?

— Absolument, madame.

En quittant le salon, Lia passa devant Easley, qui l'arrêta pour lui murmurer quelques mots. Elle se tourna d'un air étonné vers Luke, hésita un instant, puis elle s'approcha de lui.

— Excusez-moi, dit-elle, mais je ne comprends pas très bien pourquoi vous êtes à bord.

Luke s'était attendu à ce que sa présence soit remise en question. De fait, depuis plusieurs minutes, il était l'objet de regards perplexes des personnes présentes dans le salon.

Il répondit prudemment, conscient de ce que tout le monde l'observait et l'écoutait :

— Je suis venu de Tahiti à bord du *Rahiria*, comme M. Easley vous l'a peut-être dit.

— Easley ? (Lia regarda autour d'elle d'un air intrigué.) Vous voulez parler de Ben ? Il ne s'appelle pas Easley.

Elle jeta un coup d'œil à Ben Easley, qui se contenta de sourire en sortant un cigare de sa poche.

— Peu importe comment il choisit de se faire appeler, dit Luke. Carson, lui et moi étions sur le *Rahiria*. Je suis monté à bord du *Dorado* pour parler à Brady Royce, et pendant que j'étais là, le *Rahiria* est reparti.

D'un ton détaché, Ben Easley intervint :

— Et maintenant, le *Dorado* va partir, lui aussi. Il est temps pour vous de retourner à terre.

Sans lui prêter la moindre attention, Luke continua de s'adresser à Lia :

— J'espérais pouvoir compter sur votre bon cœur pour me ramener à Tahiti.

Lia le regarda fixement d'un air hébété. Elle ne voulait pas d'un étranger à bord, mais elle ne voulait pas non plus paraître désagréable. Elle quêta des yeux un secours de la part de Malcolm McLure, qui s'éclaircit la gorge.

— Je pense, monsieur, que dans les tragiques circonstances qui…

Luke se leva et dit à Lia :

— Pourrais-je vous parler un instant en privé ?

Lia l'emmena sur le pont.

— Oui, eh bien ?

Luke soupira. Révéler son identité, même à un seul des suspects, était fort dommage, mais c'était devenu une nécessité. Lia avait été sur le point de lui ordonner de quitter le *Dorado*.

Il regarda autour de lui pour s'assurer que personne ne pouvait l'entendre.

— Vous ne m'avez jamais encore rencontré. Je suis Luke Royce.

— Vous êtes Luke Royce ? (Lia se posa la main sur la gorge et le dévisagea.) Je croyais que vous vous appeliez Harrison, quelque chose comme ça ?

— Pour des raisons que je ne peux détailler maintenant, je me suis fait appeler Harrison, mais je suis Luke Royce. Bill Sarvis me connaît bien. Si vous ne me croyez pas, vous pouvez lui poser la question. Ou je peux vous montrer mon passeport.

— Je vous crois… Mais pourquoi… Il y a tant de choses que je ne comprends pas…

— Il y a beaucoup de choses que je ne comprends pas non plus. Je suis venu ici dans l'espoir de pouvoir discuter de la situation avec Brady. Mais… comme vous le savez…

— Oui, je sais. Ma foi… je ne peux pas vraiment vous ordonner de quitter le bateau. En fait, il vous appartient.

— J'aimerais que vous ne disiez à personne qui je suis. Je veux…

— Non ! s'écria Lia d'une voix étrangement désespérée. Je ne veux plus de mystères ! Je ne peux plus le supporter ! Retournons au salon. Naturellement, vous pouvez rester à bord, mais tout le monde doit savoir qui vous êtes.

— Bon, très bien. Au fond, ça ne fait pas vraiment de différence.

Lia retourna dans la salon d'un pas décidé. Luke la suivit, tout en se sentant un peu bête.

Lia s'exprima d'une voix tellement sèche qu'elle était presque stridente.

— Cet homme ne s'appelle pas Harrison. Il me dit qu'il est Luke Royce. Le bateau lui appartient. Nous sommes tous ses invités, et non l'inverse.

Luke faisait tous ses efforts pour observer trois visages à la fois, ceux d'Easley, de Jane Wintersea et de Kelsey McLure. Tous les trois changèrent. Celui d'Easley perdit instantanément son expression bravache et détachée. L'espace d'un instant, on eût dit celui d'un petit garçon. Ses yeux brillèrent – de larmes ? Il se détourna brusquement pour aller regarder par un hublot. Luke pouvait comprendre sa frustration. Ce qu'il avait cherché à accomplir était maintenant hors de portée. Il avait déployé ses efforts, il avait tué… et tout cela pour rien.

Pas un muscle ne frémit sur le visage de Jane. Mais il y eut une transformation intérieure, ou peut-être n'était-ce qu'un effet de l'imagination de Luke. Sa tête sembla se réduire à un crâne recouvert d'une très fine membrane de peau, et ses orbites devinrent deux trous noirs. La surprise de Kelsey fut moins maîtrisée. Ses yeux étaient exorbités, elle était bouche bée, et alors que Jane était devenue livide, Kelsey avait le feu aux joues.

Des réactions, incontestablement… mais comment les interpréter ? Et que penser de Lia ? Il lui avait parlé dans la pénombre, et il n'avait pas pu la dévisager aussi bien qu'il l'aurait voulu. Elle avait manifesté une surprise très naturelle, ainsi qu'une trace de ressentiment tout aussi normale. Pourtant, si Lia était bien la complice de Ben Eiselhardt, elle avait déjà démontré une capacité de dissimulation remarquable. Luke examina de nouveau Easley – il fallait qu'il s'habitue à l'appeler Eiselhardt –, en espérant le voir échanger un regard avec quelqu'un quand il se détournerait du hublot.

Le silence persista encore un moment. Personne ne savait très bien comment gérer la nouvelle situation. C'est Malcolm McLure qui prit enfin la parole d'un ton guindé.

— Je ne vais pas prétendre que je comprends quoi que ce soit à cette affaire, mais j'imagine que le moins que nous puissions faire… (son ton devint ironique et facétieux)… est de vous souhaiter la bienvenue dans notre groupe.

— Quelles sont vos instructions, M. Royce ? demanda calmement Bill Sarvis.

— Rien de changé. Notre destination reste Papeete.

Don Peppergold s'était tenu en retrait et observait Luke d'un air sceptique.

— Juste pour la forme, dit-il, puis-je voir votre passeport ?

— Mais très certainement.

Luke lui tendit le document, que Don Peppergold examina attentivement. Malcolm McLure s'approcha pour regarder par-dessus son
épaule. Ben Eiselhardt s'apprêta à faire de même, mais il se retint. Il se
tourna vers Luke, qui croisa un instant son regard – un regard si mena-
çant et si lourd de signification que Luke en eut la nausée. La première
fois qu'Eiselhardt avait tenté de le tuer, il s'était agi d'un acte imperson-
nel et dénué d'émotions. Eiselhardt allait réessayer, mais cette fois, ce
serait un acte de passion. L'émotion semblait l'étouffer, lui déformer la
bouche, affecter le timbre de sa voix. Dans toute son existence, jamais
Ben Eiselhardt n'avait éprouvé une telle frustration.

Don Peppergold rendit le passeport avec un léger haussement
d'épaules. Lia avait observé la scène avec un espoir qu'elle avait peine à
dissimuler. La déception se lut sur son visage.

— Je vais libérer la cabine du commandant, dit-elle à Luke. Vous
pouvez vous y installer.

— Non, fit Luke, je vous en prie, ne vous donnez pas cette peine.
N'importe quelle autre cabine me conviendra. Surtout, ne changez
rien à vos habitudes.

Lia réfléchit un instant.

— Jane va venir avec moi, et vous pourrez avoir sa cabine.

— Cela me convient tout à fait.

Sarvis intervint :

— Voulez-vous que nous levions l'ancre ?

Luke acquiesça.

— Je pense que personne n'a envie de prolonger la croisière. Une
fois à Papeete, ceux qui le souhaitent pourront prendre l'avion pour les
États-Unis.

Sarvis se retira, et quelques membres du groupe regagnèrent leurs
cabines, Jane pour la débarrasser de ses affaires et d'autres pour se
changer. McLure et Peppergold discutèrent ensemble un moment à
voix basse avant de s'approcher de Luke.

— Pardonnez-moi d'insister, M. Royce, dit McLure, mais Don
et moi sommes très préoccupés par la situation. D'abord la mort de
Carson, et maintenant Brady. De toute évidence, vous êtes le bénéficiaire. Notez bien que nous ne portons aucune accusation. Nous vou-
lons simplement clarifier les choses.

— C'est tout à fait naturel, répondit Luke. Je comprends vos doutes. Il y aura une enquête dès notre arrivée à Papeete. Je suis certain que les ressorts de cette affaire sortiront au grand jour.

Peppergold se fit plus agressif, avec une sorte de zèle artificiel et peu convaincant :

— Vous n'avez pas l'intention d'expliquer pourquoi vous avez utilisé une fausse identité ?

— Non, répondit Luke. J'avais une excellente raison.

— J'ai bien peur de ne pas trouver cela satisfaisant.

— Pas de conclusions hâtives, intervint McLure d'un ton raisonnable. Comme le fait remarquer M. Royce, il y aura forcément une enquête à Papeete. Puisque cela ne semble pas l'inquiéter, je pense que nous devons attendre avant de juger.

Peppergold secoua la tête et sortit du salon.

— C'est un avocat, expliqua McLure. Pour lui, tout doit être noir ou blanc, bien carré. Un type impatient, peut-être un peu buté. Je suis sûr qu'il fera une brillante carrière.

— Et vous ? Qu'en pensez-vous ?

McLure sourit.

— Je n'ai pas de position particulière – pour l'instant. Je crois pouvoir deviner ce que vous avez en tête. Si j'ai raison, il est naturel que vous préfériez ne pas dévoiler vos cartes maintenant.

— Vous ne vous trompez pas de beaucoup, dit Luke. Ma foi, je ferais mieux d'avoir une petite discussion avec Sarvis. J'ai déjà été équipier sur ce bateau, mais je ne suis pas un navigateur. Si nous tenons le cap au sud-ouest pendant trois jours, sans dériver vers les Tuamotu, je pense que nous pourrons rejoindre Papeete avec la radio-boussole.

— Une méthode qui en vaut une autre, dit McLure. Mais il se trouve que je connais bien moi-même les techniques de navigation. Si vous me permettez, je peux m'en occuper.

— Je vous en prie, allez-y.

Chapitre XIX

Le lendemain matin, le *Dorado* se trouvait au milieu d'une mer d'un bleu étincelant, filant au milieu de bancs de poissons volants.

Lia et Jane firent leur apparition au petit déjeuner, toutes deux réservées et songeuses. Lia fit de faibles efforts pour paraître gracieuse, tandis que Jane resta murée dans son silence pendant tout le repas, avec comme un masque sur le visage.

Luke trouva l'atmosphère du groupe encore plus glaciale que lors du dîner de la veille, comme si, après mûre réflexion, tous avaient décidé qu'il était un intrus insensible – ou pire encore. Il prit son petit déjeuner en restant impassible. Du coin de l'œil, il vit Easley qui l'examinait avec une grimace pensive.

Après le repas, il alla voir Sarvis et l'emmena à l'arrière.

— Eh bien, Bill, on dit que la nuit porte conseil. Que pensez-vous de la situation, maintenant ?

— J'en pense la même chose qu'hier, répondit Sarvis. Il se passe quelque chose d'effroyable.

— Je vais vous raconter le reste de l'histoire.

Luke lui décrivit sa première rencontre avec Ben Eiselhardt, et conclut :

— Si tout s'était passé comme prévu, Mme Royce serait à présent l'unique administratrice du Fonds. Ce doit être le mobile principal de cette affaire.

— Qu'y gagnerait-elle ? Brady lui donnait tout ce qu'elle voulait. Pourquoi prendre un tel risque ?

— Les gens font parfois des choses étranges. Mais elle n'est peut-être pas du tout responsable. Ça pourrait être Jane Wintersea ou Kelsey.

Comment l'une d'elles pourrait en profiter ? Il faudrait qu'elle soit sûre de pouvoir contrôler Lia. Eiselhardt aussi aurait besoin d'en être certain. Il ne ferait pas tout ça pour rien… Ah, voici Lia. Elle a quelque chose en tête.

Lia s'approcha lentement d'eux.

— Puis-je me joindre à vous ?

— Naturellement, dit Luke. En fait, j'avais une question à vous poser.

Lia se tendit aussitôt, et sembla regretter de les avoir rejoints.

— Sarvis et moi nous demandons comment il se fait que M. Eiselhardt soit à bord du *Dorado*. C'était un ami de Brady ?

— Oh, non, pas du tout. (Lia pinça les lèvres et contempla le sillage du bateau.) Je l'ai connu il y a longtemps – quand j'étais au lycée. À Nuku Hiva, il a appris que le *Dorado* était dans les parages, et il est venu faire une visite. J'ai été étonnée, bien sûr, et je l'ai invité à bord. C'est aussi simple que ça.

— Brady n'a pas soulevé d'objection ?

Lia haussa les épaules.

— Je ne crois pas qu'il y attachait beaucoup d'importance.

— Ils ne se connaissaient pas du tout ?

— Non, mais Brady était très généreux. Pourquoi ces questions ?

— Simple curiosité, dit Luke. Ce sont des questions que la police ne manquera pas de poser.

Lia hocha doucement la tête.

— C'est justement de cela que je voulais vous parler, de la police. Pensez-vous qu'il y aura une enquête ?

— J'en suis certain.

— Je me suis demandé… eh bien, pourquoi ne peut-on pas l'éviter ? La mort de Brady est tragique… mais c'est certainement un accident. Ne vaudrait-il pas mieux minimiser la situation ? Les gens peuvent être tellement cruels…

— D'où vient cette idée ? demanda Sarvis. De vous, ou bien d'autres vous l'ont-ils conseillée ?

Lia rougit.

— C'est en partie une idée à moi, mais j'en ai discuté avec d'autres, bien entendu.

— Qui, par exemple ?

— Ma sœur, entre autres.

Luke secoua la tête.

— Nous ne pouvons pas éviter une enquête de la police, même si nous le voulions. Les circonstances sont très étranges, c'est le moins qu'on puisse dire.

— Vous avez sans doute raison. (Lia se retourna, hésita, et demanda :) Est-ce que nous ne pourrions pas… eh bien, simplement retourner directement en Californie ?

— Je ne pense pas que ce serait très judicieux, Mme Royce.

Lia poussa un soupir et s'éloigna.

Luke lui lança :

— Encore une question, Mme Royce. Votre sœur connaissait-elle déjà M. Eiselhardt ?

— Oui, je crois bien. Elle était dans une classe deux ans avant moi, la même que Ben Eiselhardt.

— Et Mlle McLure ?

— Elle était dans ma classe. Elle connaissait Ben, elle aussi, au moins de vue. Mais pourquoi me posez-vous ces questions ?

— Comme je vous l'ai dit, par simple curiosité. Et je préférerais que cette conversation reste entre nous.

— Oh, tout à fait. Je ne voudrais troubler personne.

Elle sourit poliment et partit vers l'avant du bateau.

— Il est difficile d'imaginer Mme Royce coupable de quoi que ce soit… de son plein gré, fit remarquer Sarvis.

— Effectivement. Elle semble malléable, mais pas criminelle. Pouvons-nous contacter les États-Unis par radio ?

— Nous devrions pouvoir joindre Honolulu sans problème, et même San Francisco, si les conditions atmosphériques s'y prêtent.

— Je voudrais envoyer immédiatement un message.

* * *

La journée passa, puis une autre, tandis que le *Dorado* s'approchait de Papeete poussé par des vents favorables. Les passagers se tenaient par petits groupes et discutaient en lançant des regards furtifs autour d'eux. Luke se promenait ici et là. Quand il s'approchait d'un de ces groupes, les voix se taisaient. Le moment des repas était encore plus inconfortable, avec des conversations qui se limitaient à de brefs échanges irréels, comme les dialogues d'une pièce jouée par des amateurs. Lia passait la plupart de son temps dans sa cabine, et lorsqu'elle sortait sur le pont, son visage était très pâle et elle portait des lunettes de soleil pour cacher ses yeux rougis par les larmes.

Une profonde tension étreignait le *Dorado*, une angoisse à avoir l'estomac noué, à se ronger les ongles. Luke la sentait, mais sans pouvoir en déterminer la source. Eiselhardt, qui aurait dû être sur des charbons ardents, semblait parfaitement insouciant. Lia, Jane, Kelsey, toutes montraient des signes de nervosité. Selon les théories de Luke, l'une de ces trois femmes devrait éprouver une inquiétude presque insupportable, mais rien de la sorte ne se manifestait. Luke se demandait pourquoi. Les deux coupables possédaient-ils un tel sang-froid, se croyaient-ils invulnérables ? Ou un autre acte terrible était-il en préparation ? Luke grimaça et regarda par-dessus son épaule. La tension et l'anxiété provenaient peut-être de lui-même. Par exemple, s'il venait à disparaître du bateau, si on trouvait une note griffonnée, prétendument de sa main, les autorités françaises ne chercheraient sans doute pas plus loin. Luke avançait prudemment, tendant l'oreille et regardant autour de lui. Il trouva le revolver calibre .38 de Brady, qui semblait être la seule arme à bord, et il le mit dans sa poche.

Le *Dorado* entra dans les Tuamotu. Par deux fois, des atolls apparurent à l'horizon tels des mirages, puis disparurent derrière eux. Luke réfléchissait, observait et méditait. De temps en temps, il sentait peser sur lui le regard perplexe de Ben Eiselhardt, comme si celui-ci se demandait qui avait bien pu être le barbu qu'il avait précipité au bas de la falaise de Teahupoo.

Lia restait apathique. Elle refusait de parler à Luke, ou même simplement de le regarder. La froideur de Jane était presque de l'hostilité. Les humeurs de Kelsey étaient plus complexes, allant d'une insouciance qui irritait ses parents à une indifférence blasée qui provoquait la frustration de Don Peppergold. L'après-midi du troisième jour, alors qu'elle sortait du salon, Don se précipita à sa rencontre. Elle accéléra le pas et s'installa sur une chaise longue à côté de Luke. Don la foudroya du regard un instant avant de s'éloigner.

Luke resta silencieux, bien que tout à fait conscient des longues jambes bronzées et de la courbe des hanches dans le short blanc moulant. Il soupçonnait Kelsey d'en être parfaitement consciente elle aussi.

Une minute ou deux s'écoulèrent, et Kelsey rompit enfin le silence.

— Quel homme étrange vous faites !

— Allons, dit Luke, vous savez bien que ce n'est pas vrai.

— Ah bon ? Comment le saurais-je ?

— L'intuition féminine.

— C'est une méthode, effectivement, reconnut-elle. Mais elle n'est pas infaillible. Ma mère, par exemple, craint que ce ne soit la fin d'une époque. Vous ne lui donnez guère l'impression d'être un vrai Royce. Pas assez spectaculaire.

— Eh bien… je ne m'y suis pas encore vraiment attelé pour de bon. Que dirait-elle si je l'abandonnais sur cet atoll, là-bas ?

Kelsey éclata de rire et étendit les jambes.

— Elle serait absolument indignée. Mais elle ne vous accuserait plus d'être humble et effacé.

— « Humble et effacé », rien que ça. (Luke lui lança un coup d'œil ironique.) Ma foi, c'est sans doute mieux que d'être qualifié d'arrogant et de dominateur.

— Malheureusement, dit Kelsey, vous vous êtes aussi attiré ce genre de critique.

— Je ne me suis jamais considéré comme parfait. Bon, dites-moi : quel est votre avis ?

— Je ne vous le dirai pas.

— Vous connaissiez Brady depuis longtemps ?

Kelsey réagit à ce brusque changement de sujet en agitant les pieds d'un air impatient.

— Depuis toujours.

— Et Lia ?

— Depuis le lycée. Nous faisions toutes les deux partie du comité des fêtes. Des majorettes, si vous voulez tout savoir. Jane jouait dans l'orchestre. Mais pas dans la fanfare, C'était une ado très sérieuse.

— Et elle a changé ?

— Ce n'est plus une ado, si c'est ce que vous voulez dire.

— Je ne veux rien dire en particulier. Mais c'est étrange que trois filles aussi belles que vous aient été copines.

Kelsey plissa le nez.

— « Copines » n'est pas vraiment le terme, mais ça s'en rapproche, sans doute. Elles vivaient dans une famille très bizarre, très portée sur la musique, très concentrée. Lia agaçait tout le monde parce qu'elle n'avait pas l'oreille musicale, et je m'inquiétais toujours pour son moral.

— Et Eiselhardt ?

— Il est là. Il existe.

— Vous l'avez connu aussi au lycée ?

— Je savais qui il était. Nous évoluions dans des cercles différents.

Don Peppergold ne put plus se retenir. Il passa à côté d'eux et s'arrêta en feignant d'être surpris.

— Hello, jeune fille, dit-il. Et si nous faisions une petite partie de cribbage, histoire de rompre la monotonie ?

— Non, merci.

— Mais il est trois heures de l'après-midi !

— Essayez avec Maman. Elle joue beaucoup mieux que moi.

Don Peppergold s'éloigna. Cinq minutes plus tard, Dorothy McLure émergea du salon et appela Kelsey d'une voix légèrement scandalisée.

— Don est un vilain cafeteur, dit Kelsey. Bon, tant pis…

Elle se releva pour aller rejoindre sa mère. Par un effort de volonté extraordinaire, Luke se retint de la suivre des yeux, mais il remarqua quand même le regard qu'elle lui lança par-dessus son épaule en descendant l'escalier.

Le voyage se poursuivit. Les soupçons de Luke se portaient sur l'une, puis sur une autre. En toute logique, Dorothy McLure devrait également faire partie des suspectes. Elle était petite et mince, avec des formes presque aussi séduisantes que celles de sa fille, même si les ressemblances s'arrêtaient là… Luke mit un frein à son imagination. L'idée que Dorothy McLure puisse être la complice de Ben Eiselhardt était trop absurde pour qu'on s'y arrête. Et pourtant, il pouvait arriver des choses encore plus étonnantes…

* * *

Le *Dorado* avait laissé les Tuamotu derrière lui. Le quatrième jour, au coucher du soleil, des nuages s'amoncelèrent à l'ouest, des colonnes dorées sur un fond vermillon. Un spectacle d'exaltation pure. Ce soir-là, le dîner se déroula dans une atmosphère particulièrement étrange. Chaque convive était dans un tel état d'hyperesthésie que le moindre petit signe prenait une signification démesurée. La situation avait atteint un stade où un contact, un mot, pouvait facilement provoquer un cri hystérique. Seul Sarvis restait impassible, solide comme un roc.

— Demain, vers midi, déclara Malcolm McLure, nous devrions apercevoir la terre, et nous serons au port vers 14 ou 15 heures.

— Quel soulagement, murmura Dorothy McLure. Depuis la mort de Brady, ce bateau semble plongé dans la désolation.

Malcolm McLure grommela :

— Ce sera effectivement un plaisir de laisser tout ça derrière nous.

Lia demanda d'une voix hésitante :

— Il va vraiment y avoir une enquête ? Menée par la police ?

— Je pense bien, dit sèchement Malcolm McLure.

— Oui, confirma Luke, il y aura effectivement une enquête.

— Mais…

Lia n'alla pas plus loin.

Avec une certaine nervosité, Dorothy McLure intervint :

— Ils vont forcément comprendre qu'il s'agit d'un terrible accident, d'une erreur commise par quelqu'un…

— Malheureusement, dit Sarvis, les circonstances laissent à penser que c'est bien pire. Ni un accident, ni une erreur.

— Mais alors, ce serait… un meurtre ?

Le mot avait une résonance particulière. Jusqu'ici, Luke n'avait encore entendu personne le prononcer.

— Oui, fit Sarvis, un meurtre.

Dorothy McLure eut une sorte de petit rire enfantin tout à fait incongru.

— J'ai sans doute mené une existence protégée. Bien sûr, il y a eu aussi cette autre fille, comment s'appelait-elle ?

— Inez, dit Jane d'une voix neutre. Inez Gallegos.

— Oui, c'est ça. Elle semblait si sympathique… Comment a-t-on pu commettre un acte aussi cruel ?

Lia se mit à hurler. Tous les yeux se tournèrent vers elle. La scène était comme un instantané sous la lumière crue d'un flash. Lia penchée en arrière, les yeux exorbités, la bouche ouverte laissant voir sa langue. Elle cria de nouveau.

— Pourquoi cherchez-vous tous à me torturer ?

Elle tomba de sa chaise, se releva et sortit précipitamment du salon en chancelant.

Jane la suivit. On entendit des sanglots étouffés provenant de leur cabine.

* * *

La nuit était sombre. Le *Dorado* fendait les flots en chuintant. Luke était assis sur sa couchette, encore habillé.

Il entendit un grattement à sa porte. La poignée tourna et le battant poussa contre le verrou.

Luke se leva aussitôt et s'approcha.

— Qui est là ?

Une voix de femme répondit sur un ton étouffé :

— Laissez-moi entrer. Je veux vous parler.

— Mais qui êtes-vous ?

— Vite ! Ouvrez, et vous verrez.

— Un instant.

Luke recula et prit le revolver de Brady. Il l'arma et s'approcha lentement de la porte. Sa main tremblait. Il avait peur d'ouvrir, il craignait ce qu'il pourrait voir.

Il y eut un bruit quelque part, une porte s'ouvrit et il entendit des pas précipités. En se maudissant pour son hésitation, Luke ouvrit brusquement la porte et braqua son arme devant lui.

Il ne vit rien.

Malcolm McLure apparut dans la coursive, se dirigeant vers les toilettes. Luke cacha son revolver derrière son dos. McLure le salua d'un grognement au passage. Luke lui dit :

— J'ai cru entendre du bruit dehors. Vous avez vu quelqu'un ?

— Une des filles, qui sortait des toilettes.

— Ah. Laquelle ?

— Je n'ai pas fait attention. (McLure l'examina des pieds à la tête avec des yeux brillants.) Pourquoi me demandez-vous ça ?

— Simple vigilance. Il règne une certaine nervosité à bord.

— Là, je suis d'accord avec vous.

McLure poursuivit son chemin et Luke resta derrière sa porte entre-bâillée, à tendre l'oreille. McLure retourna à sa cabine. Luke referma doucement la porte à son passage, et la rouvrit légèrement pour surveiller la coursive.

On entendait le clapotis de l'eau contre la coque et les grincements du gréement. Rien d'autre. Tout était calme à bord du *Dorado*. Et pourtant, quelque part, deux personnes devaient transpirer sans pouvoir trouver le sommeil. Eiselhardt partageait une cabine avec Don Peppergold, ce qui devrait fortement limiter ses possibilités d'action. Jane et Lia étaient ensemble. Kelsey était seule.

Luke attendit une demi-heure, mais personne ne revint dans la coursive. Qui était venu frapper à sa porte ? La voix avait été un murmure à peine audible. Ça pouvait être n'importe qui. Et pourquoi ? Il semblait y avoir deux possibilités : pour discuter, ou pour tuer. La première semblait peu probable. Si quelqu'un voulait lui parler, il pouvait le faire en plein jour. Luke fit une grimace et serra la crosse de son revolver. Dix minutes s'écoulèrent. Le *Dorado* était silencieux. Dans le salon, l'horloge du bateau sonna les huit cloches : minuit. Il y eut un bruit de pas lointains tandis que le changement de quart s'effectuait.

Luke envisagea un instant de se rendre dans le salon. Une dizaine de possibilités qu'il n'avait pas encore envisagées lui vinrent soudain à l'esprit. Par exemple, si Eiselhardt avait… Une pensée terrible… Abandonnant toute prudence, Luke s'élança dans le couloir et rejoignit en courant la cabine de Sarvis. Il frappa à la porte. Pas de réponse. Il frappa encore, essaya la poignée et ouvrit la porte toute grande. Il alluma la lumière, inquiet de ce qu'il pourrait découvrir… Pas de Sarvis.

Luke se rendit à la cabine de McLure et frappa au battant.

— Ouvrez, McLure, c'est Royce.

McLure apparut en robe de chambre, dont il nouait la ceinture.

— Que se passe-t-il ?

— Je ne sais pas. Sans doute rien, mais venez quand même avec moi, je vous en prie. J'ai besoin de votre aide.

McLure sortit dans le couloir, mais il fronça les sourcils en apercevant le revolver.

— Pourquoi cette artillerie ?

— Faut-il que je vous fasse un dessin ? répliqua Luke. Pour l'instant, je veux seulement trouver Sarvis. Sa cabine est vide. Je ne tiens pas à me lancer seul à sa recherche, j'aurais trop peur que quelqu'un m'attaque par-derrière.

— Très bien, mais je ne vois pas ce qui vous inquiète.

Ils allèrent jeter un œil dans le salon. Pas de Sarvis. Luke lança à l'homme de barre :

— Vous avez vu quelqu'un d'autre sur le pont ?

— Non, monsieur, personne.

— Essayons la salle des machines, dit Luke.

La salle des machines était fermée à clé. Luke tambourina à la porte en criant :

— Il y a quelqu'un ?

La voix de Sarvis répondit :

— Qui est-ce ?

— Royce et McLure.

— Vous êtes là, McLure ? demanda Sarvis.

— Oui, grommela McLure, je suis là.

La porte s'ouvrit et la tête grisonnante du chef mécanicien apparut dans l'entrebâillement.

— Ce n'est pas que je sois du genre soupçonneux, dit-il, mais je préfère ne prendre aucun risque.

— Je suis peut-être un imbécile, fit remarquer McLure, mais qu'est-ce que c'est que cette histoire ?

— Les vannes des passe-coques, répondit Sarvis. Elles sont toutes regroupées ici. Quelqu'un pourrait avoir l'idée de tenter sa chance sur un canot de sauvetage.

— Quelle idée épouvantable, fit McLure d'un air dubitatif.

— C'est une perspective qui ne me plaît pas non plus, dit Sarvis. C'est pour ça que je suis là.

CHAPITRE XX

Le port familier s'étendait devant le *Dorado* : les hangars et les entrepôts du quai du Commerce à gauche, les vieux bâtiments derrière le quai de Bir-Hakeim au centre, les grands flamboyants et les « bois de fer » à droite. La vedette des douanes traversa le port, et le groupe habituel de fonctionnaires monta à bord. Ils étaient accompagnés d'un jeune homme vêtu d'un costume gris léger. Il avait des manières vives, le teint frais et des yeux d'un bleu limpide. Dans un anglais parfait, il se présenta comme étant l'inspecteur Charles Duhamel, de la Gendarmerie Provinciale.

— Et qui est le capitaine ?

Luke s'avança.

— Depuis la mort de M. Brady Royce, j'assume ce rôle.

— Je vois. Et vous êtes… ?

— Luke Royce.

Duhamel examina Luke plus attentivement.

— Vous résidiez encore récemment à Tahiti, n'est-ce pas ?

— Oui.

— Et n'y a-t-il pas eu des circonstances particulières, il y a un mois peut-être… ?

— C'est exact.

Duhamel hocha lentement la tête.

— Nul doute que nous trouverons bientôt une explication. J'ai été en contact radio avec les autorités de Nuku Hiva ainsi que celles de Hiva Oa. Les circonstances sont telles que nous allons sans doute devoir procéder à une enquête approfondie. Je suis certain que vous en percevez tous la nécessité. (Il dévisagea les uns et les autres.) Naturellement, personne ne doit quitter l'île avant que nous nous soyons assurés que tout est en règle. Nous allons procéder avec toute la célérité possible, mais nous ne pouvons éviter de vous causer une certaine gêne. Et maintenant, puis-je vous demander vos noms ? Et de me permettre de jeter un coup d'œil à vos passeports ? Vous, monsieur ?

— Je suis Malcolm McLure. Voici mon passeport.

— Je vous remercie. (Duhamel nota le nom.) Et vous, madame ?

— Je suis Dorothy McLure.

Duhamel procéda de même avec le reste du groupe.

— Et maintenant, puis-je vous demander où vous comptez loger pendant votre séjour ?

D'une voix assez solennelle, McLure répondit :

— Je pense que dans les circonstances présentes, ma femme, ma fille et moi irons loger à l'hôtel.

Lia regarda Jane.

— Nous aussi, dit-elle.

— Aucun doute que je vais descendre à terre, déclara Don Peppergold.

— À terre, dit Ben Eiselhardt.

— Je reste à bord, dit Luke.

— Très bien. Tout est donc décidé. J'imagine que l'équipage reste à bord, lui aussi. (Duhamel se tapota les dents avec son crayon en jetant un coup d'œil vers le port.) Naturellement, le yacht doit être amarré, et pendant ce temps-là, je pense que nous allons pouvoir commencer notre enquête. M. McLure, s'il vous plaît, je vais commencer par vous. Le salon devrait convenir.

Duhamel s'entretint un quart d'heure avec McLure, puis il passa une demi-heure avec Lia. Entre-temps, le *Dorado* s'était rangé le long du ponton, avec une ancre à la proue.

Luke fut ensuite convoqué dans le salon. Duhamel se leva et le salua.

— M. Royce, prenez un siège, je vous en prie.

Luke s'assit.

— Vous êtes le cousin de Brady Royce ?

— Oui.

— Je crois comprendre que vous vous êtes rendu aux îles Marquises à bord du *Rahiria*, et que c'est là que vous avez retrouvé le *Dorado* ?

— C'est bien ça.

— À bord du *Rahiria* se trouvait le fils de M. Royce, qui a disparu en mer ?

— Oui.

— Qu'avez-vous à dire à ce sujet ?

— Je n'ai aucune connaissance précise de ce qui a pu se passer.

— Je vois. Eh bien, M. Royce, parlons franchement. Vous comprenez, j'en suis sûr, que nous soyons obligés d'enquêter très soigneusement sur cette affaire.

Luke sourit.

— Tout à fait. Étant le bénéficiaire apparent de deux meurtres, je suis forcément le principal suspect.

— Naturellement ! (Duhamel disposa son carnet et son crayon devant lui, puis il lança à Luke un regard incisif.) Alors, dites-moi, que savez-vous des circonstances tragiques ?

Luke rassembla ses idées.

— Je sais, ou disons plutôt que je soupçonne beaucoup de choses, mais j'ai très peu de preuves à l'appui. Avant de vous dire ce que je sais et ce que je soupçonne, – ce qui risque de prendre un certain temps –, je préférerais que vous interrogiez les autres passagers. Et ensuite…

— Ah. Mais vous avez des soupçons précis ?

— Oui, mais je voudrais d'abord vérifier deux ou trois points…

Duhamel leva la main.

— Je vous en prie, M. Royce ! Permettez-moi de mener l'enquête. Faites-moi franchement part de vos soupçons. Je me chargerai de les confirmer ou de les infirmer.

— Comme vous voudrez.

— Je me dois de vous poser la question, en tant que simple formalité : êtes-vous responsable de ces morts ?

— Non.

— Bien. Et en ce qui concerne votre propre accident, dont certains aspects me reviennent maintenant à l'esprit… Les journaux n'ont-ils pas indiqué que vous aviez péri dans l'accident ?

— C'est bien possible. L'affaire s'est produite juste avant que je quitte Papeete à bord du *Rahiria*.

— Pourquoi n'avez-vous pas clarifié la situation ? Vos amis devaient être effondrés.

Luke sourit.

— À l'époque, j'ai préféré qu'on me croie mort.

— Pour une raison liée à notre affaire actuelle ?

— Je sais maintenant qu'il y a un lien, mais je l'ignorais alors.

Duhamel se pencha brusquement en avant, ouvrit la bouche pour dire quelque chose, mais sembla se raviser.

— Pourquoi me suggérez-vous d'interroger les autres avant de m'exposer vos soupçons en détail ?

— C'est très simple. J'aimerais que vous vous familiarisiez d'abord avec les personnes impliquées.

— C'est peut-être raisonnable. Vous comptez rester à bord ?

— J'aimerais me rendre au bureau de poste.

— Je n'y vois pas d'objection, mais il vaudrait mieux me confier votre passeport.

— Je vais en avoir besoin pour récupérer mon courrier.

— Ah, oui, bien sûr. Cela pose un problème. Laissez-moi réfléchir. Aucun départ d'avion n'est prévu avant ce soir. Vous pouvez garder votre passeport. Veuillez revenir à bord sans délai.

Luke hocha la tête.

— Merci beaucoup.

* * *

Luke se rendit à terre. Il sentait le regard collectif de ses invités braqué dans son dos.

Le trottoir sous ses pieds lui fit un effet étrange, une solidité qui, après des jours en mer à bord du *Rahiria* puis du *Dorado*, semblait bizarre et inhabituelle.

En longeant le front de mer pour se rendre au bureau de poste, il aperçut presque aussitôt un objet familier : le trimaran *Banshee*. Il s'arrêta devant, mais le pont était désert et les écoutilles fermées. Mike et Bob étaient à terre.

Luke poursuivit son chemin jusqu'à la poste, où on lui remit son courrier. Quelques lettres personnelles, qu'il mit dans sa poche, et une datée de la veille, postée à Papeete. Il l'ouvrit et lut :

Cher M. Royce,

Conformément à vos instructions, je suis à l'hôtel Tahiti avec les quelques informations que j'ai pu rassembler dans le peu de temps dont je disposais. J'ai peur qu'elles ne soient pas d'un très grand intérêt.

J'attends de nouvelles instructions de votre part.

Cordialement vôtre,

Andrew Dell

Luke traversa la rue pour rejoindre la station de taxis. Il attira l'attention d'un chauffeur et lui dit dans son français approximatif :.

— *Allez au Hôtel Tahiti, trouvez M. Andrew Dell. Le portez au yacht* Dorado, *voilà ! Comprenez-vous ?*

— *Oui, monsieur.*

— *Dépêchez-vous, s'il vous plaît.*

— *Oui, monsieur.*

Luke fit signe à un autre chauffeur.

— *Connaissez-vous Rolf Clute, qui demeure à Papeari ?*

— *Rolf Clute ? Oui, monsieur. Tout le monde le connaît.*

— *Allez chez Rolf Clute, disez que c'est nécessaire qu'il vient avec vous au yacht* Dorado *tout de suite. Comprenez-vous ? Le* Dorado, *c'est la grande goélette, là.*

— *Oui, monsieur.*

Luke retourna à pas lents vers le *Dorado*.

Il y avait quelque chose d'anormal. Il le vit à l'expression de ceux qu'il croisa en montant à bord. Tous l'observaient avec un curieux détachement. L'inspecteur Duhamel se tenait un peu en retrait. Il s'inclina de nouveau avec une grande courtoisie.

— M. Royce, puis-je vous parler un instant ?

McLure marmonna à Duhamel :

— Nous pouvons partir, maintenant ? Il n'y a plus de raison de nous bloquer ici.

— Juste encore un petit instant, monsieur. Une information complémentaire pourrait s'avérer nécessaire.

Il fit signe à Luke, qui entra dans le salon et s'assit.

— Que se passe-t-il ?

Duhamel resta debout, les mains posées sur la table.

— M. Royce, je suis au regret de devoir porter une grave accusation contre vous.

Luke se cala dans son fauteuil et regarda Duhamel avec un petit sourire.

— Sur quelle base ? demanda-t-il.

— Le jour de la mort de M. Royce, vos faits et gestes ont été observés par trois témoins indépendants. Vous êtes venu du *Rahiria*, en longeant la plage, jusqu'aux abords du *tamaraa*. Là, vous avez discrètement fait signe à M. Brady Royce, d'une façon qui semblait indiquer des intentions secrètes. Vous l'avez emmené à l'écart. Quand M. Royce est revenu, il a déclaré : « Je n'arrive pas à comprendre Luke. Il est complètement fou. Il insiste pour que je ne le reconnaisse pas, pour que je ne dise à personne qu'il est venu sur le *Rahiria*, et ensuite, il me fait boire un verre de vin. C'est vraiment très bizarre. »

« M. Brady a tenu ces propos à plusieurs personnes. Aussitôt après, il est tombé malade. La conclusion est inévitable. Qu'avez-vous à dire là-dessus, M. Royce ?

Luke éclata de rire.

— Je suis enchanté. Vous ne pouvez imaginer à quel point je suis ravi.

Duhamel sembla contrarié.

— Vous êtes enchanté ? J'ai du mal à comprendre…

— Vous êtes convaincu par cette accusation ?

— Elle est confirmée par plusieurs personnes.

— Vous n'avez pas encore entendu ce que j'ai à vous dire.

— Non, bien sûr. Vous avez souhaité qu'il en soit ainsi.

— Eh bien, faites donc venir tout le monde dans le salon, afin que chacun puisse entendre.

— Si vous voulez. (Duhamel s'approcha de la porte.) S'il vous plaît, tout le monde dans le salon.

Les passagers entrèrent les uns derrière les autres.

— Navré de vous déranger, dit Duhamel, mais M. Royce a une déclaration à faire, dont il pense qu'elle devrait tous vous intéresser.

McLure grogna. Don Peppergold lança un regard furieux vers Luke. Eiselhardt alluma tranquillement un cigare.

— Allez-y, M. Royce.

— Le samedi 8 juin, je me suis rendu à Papeete sur mon scooter. Je suis allé au bureau de poste afin d'y récupérer mon courrier. Un homme qui m'était alors inconnu, mais que je connais maintenant comme étant M. Eiselhardt, m'y attendait. Il surveillait les boîtes de poste restante. On peut en déduire qu'il connaissait le numéro de ma boîte, mais pas mon adresse. Plus tard, quand j'ai eu l'occasion d'examiner son passeport, j'ai remarqué qu'il était arrivé à Papeete le 5 juin. Je pense qu'il a attendu tous les jours au bureau de poste. Inspecteur, ce genre de vérification est de votre ressort. Je suis sûr que vous trouverez des témoins. M. Eiselhardt est de ces hommes qu'on remarque.

« Il m'a suivi quand j'ai quitté le bureau de poste… (Luke relata les événements de la journée, sa chute dans l'océan, son étonnement, son retour à Papeete.) Comme je l'ai dit, j'étais totalement surpris. Je n'arrivais pas à comprendre pourquoi un inconnu avait voulu me tuer. C'est pour cela que je n'en ai pas informé la police. La tentative de meurtre serait probablement considérée comme un simple accident, l'assassin serait sur ses gardes. Je me suis rasé la barbe, j'ai changé de vêtements et je suis devenu James Harrison.

Luke entreprit alors de décrire sa rencontre avec Carson, mais il fut interrompu par l'arrivée à bord du *Dorado* d'un homme grand et mince, vêtu d'un complet gris et d'un pull à col roulé vert.

— Excusez-moi un instant, dit Luke.

Il remonta sur le pont, et le groupe réuni dans le salon le vit serrer la main du nouveau venu, échanger quelques mots et pointer du doigt vers le port. L'homme en gris hocha la tête et quitta le *Dorado*. Luke revint dans le salon. Charles Duhamel était resté assis, le visage de marbre. La confrontation prenait une tout autre tournure que celle qu'il avait envisagée. Eiselhardt semblait parfaitement détendu, l'air indifférent, et soufflait de petites bouffées de fumée dans l'air.

Luke l'examina un instant avant de poursuivre son récit :

— Je n'ai pas grand-chose à vous dire sur Carson. Quand il est monté à bord du *Rahiria*, Eiselhardt a eu peine à croire à sa chance, surtout quand Carson s'est trouvé mêlé à une dispute à propos d'une fille. Carson est passé par-dessus bord. Pas de témoins, pas d'indices, pas de preuves, rien du tout. Il y avait tellement de monde sur le bateau qu'un bruit de bagarre aurait attiré l'attention. Seul Eiselhardt avait la possibilité de s'occuper discrètement de Carson. J'imagine qu'il l'a assommé quand Carson est entré dans la cabine, puis il aura attendu qu'il n'y ait plus personne sur le pont pour le faire glisser par-dessus bord. Au matin, Carson devait être à cinquante milles derrière nous.

« Et maintenant, venons-en à Nuku Hiva. Eiselhardt quitte le *Rahiria* et se rend au bureau de poste. Quelqu'un y a laissé une lettre à son attention. Qui ? C'est un mystère. Eiselhardt a un complice – quelqu'un qui a peut-être échafaudé tout le plan.

« En fait, avant d'aller plus loin, nous devrions peut-être réfléchir au mobile derrière ces actes. Brady Royce était l'administrateur du Fonds Golconda. Carson était le suivant dans la succession, et ensuite moi. Si Carson et moi étions morts, et à défaut d'un hériter mâle, Mme Lia Wintersea Royce deviendrait administratrice.

« On dirait bien que tel était le plan, mais j'anticipe peut-être un peu. Luke jeta un coup d'œil vers le quai.

— Ah, voyez donc qui arrive ! Deux vieilles connaissances, Mike Hannigan et Bob Higgins, du trimaran *Banshee*. Une belle assemblée. (Luke passa le nez à la porte et cria :) Par ici, les amis, joignez-vous à nous !

Les Australiens entrèrent dans le salon, suivi de l'homme au complet gris. Luke fit les présentations.

— Mike Hannigan, Bob Higgins, et voici mon avocat, Andrew Dell, qui vient juste d'arriver des États-Unis. Messieurs, nous étions en train de discuter du meurtre de Brady Royce, et nous nous interrogeons tous maintenant sur l'identité du complice de Ben Eiselhardt. Mais encore une fois, j'anticipe peut-être.

« À Hana Menu, la baie la plus magnifique de Hiva Oa, Brady a organisé un *tamaraa* pour ses invités. Tout le monde a commencé à manger. Ben Eiselhardt et deux autres témoins affirment que je suis venu du *Rahiria* et que j'ai administré à Brady une dose de poison.

— C'est bien le cas, dit Eiselhardt d'une voix égale.

— Toujours est-il que Brady a été empoisonné. Il est retourné à bord du *Dorado*, où il est mort. Le médecin qui s'est occupé de lui a diagnostiqué un empoisonnement dû à un poisson, probablement le sérum toxique qu'on trouve dans le *hue-hue*, le poisson-ballon.

Luke s'interrompit. Il se leva pour aller jeter un coup d'œil au front de mer. Un taxi apparut au débouché d'une ruelle et s'approcha du bateau.

— Je pense que d'ici une minute ou deux, nous aurons l'avis d'un expert.

Le taxi s'arrêta devant le *Dorado*, et Rolf Clute en descendit. En voyant Luke, il lui fit un grand signe.

— Qui paye pour le taxi ?

— Dites-lui d'attendre ici. Montez à bord, j'ai besoin de votre aide.

— Oui, bien sûr. À quel sujet ?

— C'est une longue histoire.

Rolf Clute monta lentement la passerelle et fut étonné en apercevant le groupe.

— Hé, c'est Duhamel, là ! C'est le gendarme !

— Oui, il s'est passé de vilaines affaires. (Luke l'emmena dans le salon.) Voici Rolf Clute, qui était à bord du *Rahiria* jusqu'à Rangiroa. Rolf, vous êtes allé pêcher avec Ben Eiselhardt dans le lagon de Rangiroa, n'est-ce pas ?

— Ben qui ? Vous voulez dire Ben Easley ? Lui ? fit Rolf Clute en pointant un long doigt noueux.

— C'est ça. Vous êtes allé pêcher avec lui ?

— Oui, bien sûr. Pourquoi pas ?

— Qu'est-ce que vous avez attrapé ?

— Pas grand-chose. Maintenant que vous m'en parlez, il s'intéressait beaucoup au *hue-hue*.

— Vous en avez trouvé ?

— Oui, on en a harponné deux.

— Et ensuite ?

Rolf Clute se passa la langue sur ses lèvres épaisses, et la main dans sa masse de cheveux roux.

— Eh bien, Ben m'a demandé de lui montrer la glande de poison. J'ai découpé les poissons et j'en ai extrait la glande. Le reste est comestible.

— Eiselhardt a gardé les glandes venimeuses ?

— Eiselhardt... vous parlez toujours de Ben Easley, là ?

— C'est le nom qu'il portait à bord du *Rahiria*.

— Eh bien, Eiselhardt, Easley, peu importe… je ne sais pas ce qu'il en a fait.

Luke se tourna vers Duhamel.

— Pour votre information, Eiselhardt est parti pêcher seul dans le lagon de Tikehau. Il voulait peut-être s'assurer d'avoir une ample provision de poison. Une fois au *tamaraa*, il n'aura eu aucun mal à en mettre dans l'assiette de Brady, ou peut-être en verser quelques gouttes dans son verre.

D'une voix toujours égale, Eiselhardt intervint.

— Vous n'en avez aucune preuve, ni pour vos autres accusations. Demandez à votre avocat, il vous le dira. Jusqu'ici, ce ne sont que des supputations.

— Vous et deux autres personnes m'avez vu débarquer du *Rahiria*… C'est une meilleure preuve, ça ?

— Absolument.

— Je vois. Eh bien, quand j'étais à Nuku Hiva, j'ai embauché Mike et Bob pour m'emmener à la baie de Tai Oa. Le *Dorado* était déjà parti. Je suis arrivé trop tard pour sauver Brady. En chemin, ils m'ont dit que, lorsqu'ils vous avaient transporté jusqu'au *Dorado*, vous aviez fait signe à une des passagères. Ils ne savaient pas très bien laquelle, car ils ne l'ont vue que de dos. C'est bien ça, Mike, Bob ?

— Ouais, c'est ça.

— Mais elle avait les cheveux noués en arrière, non ?

— Ouais, tout à fait.

— Comme une des femmes dans cette pièce ?

— Exact. Comme elle, fit Mike en pointant du doigt.

— Ouais, c'est bien elle, confirma Bob. Autant que je peux dire en la voyant de face.

Luke se tourna vers Charles Duhamel.

— C'est l'un des témoins qui m'ont vu m'approcher de Brady ?

— Effectivement, répondit Duhamel en se mordillant nerveusement la moustache.

— Je devrais préciser, ajouta Luke comme en passant, que Mike et Bob m'ont amené à Hiva Oa à bord de leur trimaran. Nous sommes arrivés vers la fin du *tamaraa*, un peu après midi. C'est bien ça, les gars ?

— Ouais.

— Absolument, mon pote.

— Il devient tout à fait évident qu'Eiselhardt et ses deux témoins ont fait une fausse déclaration à la police. Bien sûr, Mme Lia Royce était victime d'un chantage. Ils l'avaient entièrement en leur pouvoir, et ils lui ont dicté ce qu'elle devait dire. N'est-ce pas, Lia ?

Pâle comme la mort, Lia fut incapable de répondre. Elle ne pouvait que regarder fixement devant elle. Sa beauté avait disparu, laissant place à un visage livide et fragile.

— Juste à titre de confirmation. Mme McLure, vous arrive-t-il de vous nouer les cheveux en queue-de-cheval ?

— Bien sûr que non, répondit Dorothy McLure d'une voix rauque.

— Et vous, Kelsey ?

— Ha ! Avec des cheveux de cinq centimètres ? Non.

— Il n'y a donc que Jane qui porte une queue-de-cheval ?

— C'est vrai, dit Kelsey en examinant Jane d'un air ébahi.

— Et voilà, dit Luke à l'inspecteur, vous avez vos deux meurtriers. Ils ont comploté pour me tuer. Eiselhardt a noyé Carson, et l'un ou l'autre a empoisonné Brady. Une fois Lia administratrice du Fonds Golconda, ils n'auraient plus eu aucun souci matériel à se faire. (Luke sourit.) Quand je me suis présenté comme étant Luke Royce, ils ont dû avoir le pire choc de leur vie. Ils ont compris que leur plan avait échoué. Désormais, Golconda ne pourrait plus jamais revenir à Lia. Après ma mort, le fonds serait transmis dans ma branche familiale. Ils avaient tout perdu. Ils n'avaient plus qu'une chose à tenter : me faire porter la responsabilité des meurtres, dans l'espoir qu'un tribunal réattribue le trust à Lia. Avez-vous des questions, inspecteur ?

— Oui, naturellement. Mme Royce, dites-moi… Tout cela est-il vrai ?

— Oui, murmura Lia.

— Tais-toi, espèce d'idiote ! hurla Jane.

— Quelle importance ? dit Lia de sa voix étouffée. Je n'ai rien fait de mal – j'ai juste menti à la police pour vous deux. Vous avez tué Brady et ce pauvre Carson. J'espère qu'ils vous pendront.

— Ils avaient un moyen de vous faire chanter ? demanda Duhamel.

— Oui, mais rien de vraiment déshonorant… juste une bêtise de jeunesse. Au lycée, je suis tombée amoureuse de Ben. Il voulait que je vive avec lui. J'ai refusé, sauf si on se mariait. Il m'a donc épousée. Au bout de deux mois, j'ai voulu divorcer. Il m'a dit que ce n'était même pas la peine d'y penser, parce que nous n'étions pas vraiment mariés. Il l'était déjà avec une jeune femme, Inez Gallegos, et ils n'avaient pas divorcé.

« Quelque temps après, je me suis fiancée avec Brady. Inez a été assassinée. Je sais ce qui s'est passé. Ben est allé la voir pour récupérer le certificat de mariage. Elle a refusé de le lui donner. Il l'a tuée et il a pris le document. Comme ça, je ne pouvais pas prouver que nous n'étions pas réellement mariés. Il a commencé à m'humilier, en m'obligeant à faire certaines choses, à coucher avec lui. Je suis même tombée enceinte. Je n'ai pas osé le dire à Brady, je voulais vraiment l'épouser. Je sais que j'aurais dû être plus courageuse – mais je ne suis pas une femme courageuse…

Jane se leva d'un bond, le regard fou, les doigts crispés comme des griffes.

— Lia ! Ne dis plus un mot ! Tu te rends compte de ce que tu fais ?
Lia hocha la tête.

— Oui. Je dis simplement la vérité.
Jane se rassit lentement.

— Lia était prise au piège, reprit Luke. Eiselhardt pouvait prouver qu'elle était mariée avec lui, qu'ils n'avaient pas divorcé. Maintenant qu'Inez Gallegos était morte et le certificat de mariage en sa possession, personne ne pouvait prouver le contraire – sans devoir surmonter des difficultés considérables. Par conséquent, Eiselhardt pouvait à tout moment invalider le mariage de Lia avec Brady. Lia, j'en ai bien peur, n'a pas eu la force de caractère suffisante pour le défier, pour tout dire à Brady.

— Je suis lâche, dit Lia d'une voix pitoyable, je le sais… Il n'y a pas grand-chose à ajouter. À Nuku Hiva, Jane m'a dit que Ben allait nous rejoindre, et que je devais convaincre Brady de le laisser monter à bord. C'est ce que j'ai fait. (Elle plongea son visage dans ses mains.) J'aurais voulu mourir avec lui. Je voudrais être morte…

Luke s'adressa à Duhamel.

— J'ai demandé à M. Dell de rassembler toutes les informations qu'il pouvait et de me rejoindre ici. Je ne sais pas ce qu'il a trouvé, je n'ai pas encore eu l'occasion d'en discuter avec lui.

— Essentiellement des éléments de corroboration, dit Dell d'une voix incisive. Il semble qu'Eiselhardt tirait une grande partie de ses revenus de films pornographiques. Il est possible… (son regard se porta un bref instant sur Lia, et se détourna aussitôt)… mais je pense qu'il est inutile d'approfondir cet aspect de l'affaire.

Duhamel se leva.

— Mlle Wintersea, M. Eiselhardt, vous avez entendu les accusations portées contre vous. Qu'avez-vous à répondre ?

— Rien, bien sûr, dit Ben Eiselhardt.

Luke dit à Duhamel :

— Il m'a attendu dans le bureau de poste pendant trois ou quatre jours. Trouvez quelqu'un pour l'identifier. Il a loué une Citroën, qui devait être cabossée quand il l'a rendue. Un des indigènes de Tikehau l'a peut-être vu pêcher des *hue-hue*.

— Oui, oui, fit Charles Duhamel d'un ton hautain. Nous sommes tout à fait capables de nous occuper des détails de notre affaire. Mlle Wintersea, M. Eiselhardt, vous êtes en état d'arrestation.

Eiselhardt se mit un cigarillo dans la bouche et sortit de sa poche un gros briquet en argent.

— *Attention !* s'écria McLure.

Le briquet cracha une longue flamme, et une balle siffla aux oreilles de Luke.

Eiselhardt secoua tristement la tête. Don Peppergold s'élança vers lui, mais Eiselhardt n'y prêta pas attention. Il posa le mécanisme contre sa tête. Il y eut une autre explosion, et Ben Eiselhardt s'écroula à terre, un trou au milieu du front.

CHAPITRE XXI

Tout était calme à bord du *Dorado*. La police était partie avec Jane et le corps de Ben Eiselhardt. Lia, les McLure et Don Peppergold étaient allés à l'hôtel. De l'équipage, seuls les stewards étaient restés pour emballer les effets personnels de Brady, qui seraient expédiés à San Francisco.

Assis dans le salon désert, Luke regardait le crépuscule tomber sur le port. Malgré les événements de la journée, l'endroit était paisible et confortable. Il se sentait en paix.

Rien ne semblait particulièrement urgent. Tôt ou tard, il faudrait bien qu'il rentre à San Francisco, mais pour l'instant, il n'avait pas d'autre projet que de se détendre, de paresser, de nager dans des lagons bleutés et d'explorer de lointaines plages de sable blanc.

Il n'y avait aucune raison qu'il ne puisse pas le faire, bien sûr. Il avait le *Dorado* sous la main. De l'autre côté du Pacifique, il y avait les îles Cook, les îles Ellice si rarement visitées...

Il entendit un bruit de pas sur le pont. Des pas féminins, légers et hésitants.

Luke alla ouvrir. C'était Kelsey.

— Oh, hello.

— Hello, Luke. J'ai oublié mon vanity-case à bord.

— J'imagine qu'il est dans votre cabine.

— Heu, oui, sans doute... (Elle jeta un regard autour d'elle.) Vous êtes tout seul ?

— Oui, c'est tranquille... Hem, que diriez-vous d'un verre de sherry ?

Kelsey eut un petit rire gêné.

— D'accord. En fait, c'est pour ça que je suis venue.

— Pour le sherry ?

— Non. Pour bavarder un peu.

Luke versa le sherry et tendit un verre à Kelsey.

— Asseyez-vous.

Elle s'installa sur un des canapés.

— Je tenais à m'excuser. Très sincèrement. Nous avons été épouvantables avec vous – même quand nous savions que vous n'étiez coupable de rien du tout.

— Je comprends. N'en dites pas plus. C'est l'instinct du troupeau, qui cherche à rejeter l'intrus.

— C'est ça en partie. Et dans mon cas, c'est aussi parce que je suis perverse et pleine de malice. Je le sais bien. Je peux tromper les gens, comme mes parents et Don, mais je ne me trompe pas moi-même.

— Très bien. Vous êtes foncièrement mauvaise. Je vous crois.

— Je suis venue pour vous ensorceler. Je sais que je peux aussi faire ça.

— D'accord, me voilà ensorcelé. C'est un changement très agréable, j'apprécie beaucoup. Mais pourquoi ?

— Est-ce que je peux vous parler franchement ?

— Je suis prêt à tout entendre.

Kelsey se rapprocha de cinquante centimètres sur le canapé.

— Je ne veux pas rentrer chez moi. Je n'en ai pas l'intention. Maman et Papa vont prendre l'avion dès que la police aura recueilli leurs dépositions. Don… je ne sais pas. Il va peut-être faire une scène. N'empêche, s'il n'arrive pas à me trouver, il ne pourra pas beaucoup discuter… Qu'est-ce que vous comptez faire, vous ?

Luke rit doucement.

— Je vais prendre des vacances… sur le *Dorado*. Je vais partir au milieu du Pacifique.

Kelsey but une gorgée de sherry et pencha la tête légèrement de côté.

— Je m'en doutais un peu… Est-ce que je peux venir avec vous ?

Luke leva les yeux au plafond.

— Je ne sais pas vraiment si je veux de la compagnie. Ni quel genre de compagnie je voudrais.

Kelsey s'approcha encore d'une dizaine de centimètres.

— Je ne vous gênerais pas du tout, dit-elle d'un air très sérieux. Et puis, est-ce que vous ne préféreriez pas jouer aux palets avec moi plutôt qu'avec le vieux Sarvis ?

— Sarvis n'a aucune chance contre vous, c'est sûr.

— Luke – est-ce que vous me trouvez très directe ?

— Ma foi, oui.

— Il y a une très bonne raison. C'est comme ça que je suis. Est-ce que je pourrais avoir encore un peu de sherry ?

— Oui, bien sûr. Servez-moi aussi, si vous voulez bien.

— Avec plaisir. Vous voyez, je peux faire des tas de choses, comme verser du sherry.

Luke la regarda attentivement. Séduisante, charmante, provocante. Peut-être un peu trop. Il se remit à contempler le plafond.

Kelsey fit tinter son verre contre le sien.

— Pour que les choses soient bien claires, dit-elle d'une voix douce, je ne suis pas une opportuniste pleine de sang-froid. Je n'ai pas le sang froid, en tout cas.

Ils restèrent silencieux un moment, à regarder les lumières s'allumer à travers Papeete.

— Toute cette affaire a été effroyable, murmura enfin Kelsey, mais pour rien au monde je n'aurais raté ça.

— Vous connaissiez Ben Eiselhardt au lycée ?

— Je n'ai jamais pu le supporter. Seules des filles à l'esprit faible comme Lia et Inez aimaient Ben. C'était tellement facile de voir qu'il était cruel et pervers… Mais ne parlons pas du passé. Est-ce que je peux partir avec vous ?

Luke poussa un profond soupir.

— Vous me prenez dans un moment de faiblesse. Je cherche quelqu'un pour me dorloter, me caresser la tête, me verser un peu de sherry de temps à autre.

— Et Sarvis ne sait pas faire tout ça ?

— Dans ce domaine, il est complètement nul.

Kelsey lui posa un doigt sur le front.

— Ça me semble agréable à caresser. Je promets de faire très attention.

— Je ne veux pas d'histoires avec vos parents. Je ne veux pas être obligé de me battre avec Don Peppergold.

— Je vais m'occuper de tout. Ça fait partie du dorlotage. Tout ce que vous aurez à faire, ce sera de jouer de l'ukulélé et payer pour l'entretien du bateau.

— Assez bizarrement, répondit Luke, il se trouve que je peux faire les deux. Bon, très bien, prenons encore un verre de sherry, et ensuite…

— Ensuite, dit Kelsey, je vais retourner à terre, ou sinon, vous croiriez que je suis pire que ce que je suis en réalité. Et je ne suis vraiment pas mauvaise du tout. Enfin, pas trop. Je veux simplement visiter toutes ces îles lointaines.

— J'espère ne pas être rappelé à San Francisco pour une affaire importante, parce que vous seriez alors obligée de tout recommencer et d'ensorceler Sarvis.

— Sarvis est vraiment un charmant vieux bonhomme, dit Kelsey. Il aimerait peut-être bien être caressé et dorloté, lui aussi.

— S'il vous plaît, pas sur le même bateau. (Luke se leva.) Vous avez faim ?

— Comme un ogre.

— De l'autre côté de l'île, à Taravo, il y a un restaurant qui s'appelle le Atchoun. Si nous allions dîner là-bas ?

— Ça me ferait très plaisir.

* * *

Les chandelles vacillaient dans la légère brise soufflant à travers les buissons d'hibiscus. *Dans quoi suis-je en train de m'embarquer ?* se demanda Luke. *Mais peu importe, ça ne peut pas être si terrible que ça…*

— Luke, fit Kelsey.

— Oui ?

— Tu penses à quelque chose.

— Je ne peux pas le cacher.

— Et je sais ce que c'est. Jamais, jamais, jamais je ne t'épouserai.

— « Jamais », c'est assez long, dit Luke.

— Jamais, jamais, jamais est encore plus long. Tu sais pourquoi je ne t'épouserai pas ?

— D'abord, parce que je ne te l'ai pas demandé.

— Non, ce n'est pas ça du tout. C'est parce que, en ce moment, tu es dans un état de réaction nerveuse. Au bout de quelque temps, tu commencerais à réfléchir et à te dire que tu ne pourrais jamais me faire confiance. Pas vraiment. Tu n'oublierais jamais la façon dont je me suis conduite quand tu étais seul et que tous étaient contre toi. Tu crois que tu l'oublierais ? demanda-t-elle en le regardant dans les yeux.

Luke envisagea une douzaine de réponses, et repéra un piège dans chacune. Il dit enfin :

— Des gens sont morts. D'autres sont malheureux. Don Peppergold est en colère. Mais pour moi – et pour toi aussi, peut-être –, tout semble très agréable. Alors, pourquoi me plaindrais-je ?

Kelsey sourit et regarda la flamme des chandelles.

— Tu n'as pas répondu à ma question.

— Non.

— C'est peut-être aussi bien comme ça.

À propos de l'auteur

Jack Vance est né en 1916 en Californie, dans une famille aisée qui a connu des revers de fortune alors que Jack était encore enfant. Jeune homme, il est donc obligé d'occuper une série d'emplois ingrats avant de pouvoir suivre des cours à l'université de Californie, à Berkeley : génie minier, physique, journalisme et littérature anglaise. À la fin de ses études, alors que l'Amérique entre en guerre, il s'engage comme simple matelot dans la marine marchande. Plus tard, il travaille comme mécanicien de chantier, arpenteur, céramiste et charpentier avant que sa production de romans et de nouvelles dans les domaines de la science-fiction, de la fantasy et du policier ne lui permette de vivre de son écriture et de s'y consacrer à plein temps.

En plus de soixante ans de carrière, sa production a été prodigieuse et lui a valu de nombreux honneurs : trois prix Hugo, un prix Nebula, un prix World Fantasy pour l'ensemble de son œuvre ainsi qu'un prix Edgar-Allan-Poe décerné par l'Association américaine des auteurs de romans policiers. L'Association des écrivains de SF et de Fantasy lui a décerné le titre de Grand Maître, et il a été admis dans le Science Fiction Hall of Fame en 2001.

Il a su explorer une variété de genres en en repoussant les limites, que ce soit de la fantasy sombre (en particulier le cycle de la Terre mourante, qui a influencé de nombreux auteurs), des space opéras interstellaires, de la fantasy héroïque (la trilogie Lyonesse), ou encore des romans policiers dont le personnage principal est shérif d'un comté rural de Californie (la série Joe Baine). Une histoire vancienne est souvent centrée sur un protagoniste extrêmement compétent plongé dans des situations périlleuses sur une planète où l'aventure est son lot quotidien, ou encore sur une jeune personne qui s'embarque pour une odyssée semée d'embûches dans des régions peuplées d'ennemis redoutables…

Vers la fin de sa carrière, un groupe de fans à travers le monde s'est constitué pour rétablir ses œuvres sous leur forme originale, en restaurant des textes malmenés ou amputés par des éditeurs surtout préoccupés par le nombre de pages qu'ils pouvaient caser dans un magazine « pulp ». Le résultat a été la Vance Integral Edition, version définitive de l'œuvre vancienne en 44 volumes magnifiquement reliés. Spatterlight publie à présent les textes du projet VIE sous la forme d'ebooks et de livres imprimés à la demande.

Ce livre a été imprimé en utilisant Adobe Arno Pro comme police de caractères principale, avec NeutraFace pour la couverture.

Cet ouvrage a été créé à partir des archives numériques de la Vance Integral Edition, une série de 44 volumes produits sous l'égide de l'auteur par un groupe de ses lecteurs répartis à travers le monde. Le projet VIE exprime sa reconnaissance à l'aide éditoriale que lui a apportée Norma Vance, ainsi qu'à la collaboration du Département des collections spéciales de l'université de Boston, dont la collection consacrée à John Holbrook Vance a été une source importante de matériau textuel.

Remerciements particuliers à R.C. Lacovara, Patrick Dusoulier, Koen Vyverman, Paul Rhoads, Chuck King, Gregory Hansen, Suan Yong et Josh Geller pour leur aide précieuse dans la préparation des versions finales des fichiers sources.

Composition et mise en page : Joel Anderson

Direction artistique et dessin de couverture : Howard Kistler

Correction et quatrième de couverture : Patrick Dusoulier

Direction : John Vance, Koen Vyverman